KB114732

FUSION FANTASTIC STORY

김대산 장편소설

완빤치

완빤치 7

김대산 장편소설

초판 1쇄 찍은 날 § 2016년 10월 21일
초판 1쇄 펴낸 날 § 2016년 10월 28일

지은이 § 김대산
펴낸이 § 서경석

편집책임 § 이지연

펴낸곳 § 도서출판 청어람
등록번호 § 제387-1999-000006호
등록일자 § 1999. 5. 31
어람번호 § 제1-2548호

주소 § 경기도 부천시 원미구 부일로 483번길 40 서경B/D 3F (우) 14640
전화 § 032-656-4452 팩스 § 032-656-4453
http://www.chungeoram.com
E-mail § chungeorambook@daum.net

ISBN 979-11-04-91012-8 04810
ISBN 979-11-04-90822-4 (세트)

FUSION FANTASTIC STORY

김대산 장편소설

완빤치

7

도서출판 청어람

CONTENTS

제2장   공작   7

제3장   공략   19

제4장   퇴로   45

제5장   소원   61

제6장   한판   91

제7장   미끼   123

제8장   심란   145

제9장   함정   159

제10장   처단   185

제11장   응분의 대가   213

제12장   공황   237

제13장   또 하나의 몰락   261

제14장   낙원그룹   275

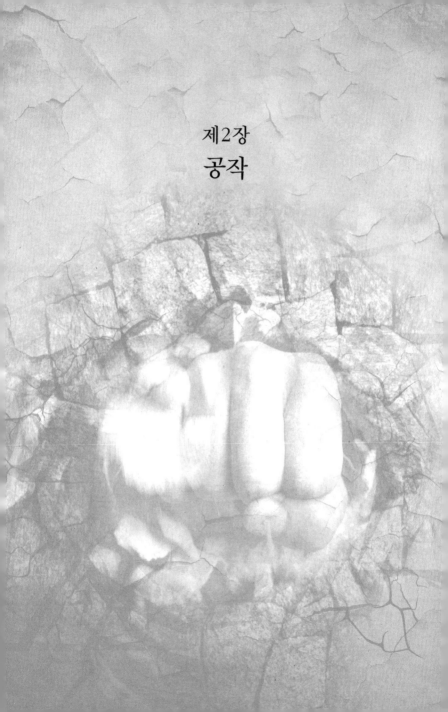

제2장
공작

남장

　기사기조의 분장술은 아주 공이 많이 들어가는 작업이다. 그리고 그런 만큼 대단히 정교하다.

　철민은 미후가 남장한 모습을 보고 감탄을 금치 못했다.

　그러나 막상 미후는 그의 감탄에 대해 공감을 하지는 못했다. 철민의 분장술—그것의 정식(?) 명칭이 '역용'이라는 것을 그녀는 알지 못했다—이 어떠하다는 것을 알고 있기에!

안으로 들어선 추선호가 등 뒤로 도어의 잠금장치를 누르는 것을 미후는 담담하게 지켜보고 있었다.

　사실 그녀는 추선호에 대해 이미 알고 있었다. 그녀가 남장까지 하고 이곳에 온 이유가 바로 추선호를 만나기 위해서였으니까!

　미후는 노래방 기기의 볼륨을 높인다. 격렬한 비트가 흐르며 룸의 공기가 대번에 출렁거린다.

　안 그래도 불그레하게 상기되어 있던 추선호의 얼굴이 더욱 붉게 달아오른다. 그가 성큼성큼 다가와서는 곧장 미후의 옆자리에 앉으려고 한다. 그러나 다음 순간 그는 풀썩 바닥으로 무너지고 만다. 찰나간 명치에 강한 충격을 받고서다.

　"끄… 으… 으……."

　숨이 끊기는 고통에 추선호가 제대로 소리도 내지 못하고 입만 딱딱 벌리고 있다.

　미후는 느릿하게 손가락 하나를 입에 가져다 댄다.

　"쉿!"

　그녀는 가느다랗게 바람 소리를 내고 나서 슬쩍 손바닥을 펴서 보여준다. 아주 작은 칼 하나가 그녀의 손바닥에 숨겨져 있다. 손잡이도 없이 칼날만으로 된 칼이다. 룸의 조명을 받은 칼날이 푸르스름하게 빛나고 있다.

　"소리 내면 죽는다!"

나직하고도 담담한 미성이었다.

그러나 추선호는 부르르 소스라치고 만다. 뒤이어 도저히 주체하지 못할 공포가 밀려든다. 마치 본능처럼!

몸담고 있는 계통이 온갖 궂은일을 일상처럼 겪는 곳이다 보니 추선호도 웬만큼 배짱이 있다는 소리를 들었다.

그러나 그의 담력에는 분명한 한계가 있다. 그리고 그 한계가 넘어가는 순간, 그는 걷잡을 수 없이 허물어지고 만다.

사람이 얼마나 잔인해질 수 있는지, 또 사람이 얼마나 참혹한 일을 당할 수 있는지에 대해서 적지 않게 보아온 까닭이다. 그리고 바로 지금 이 상황이야말로 그가 가진 한계를 단번에 넘어서 버리는 데가 있었다.

지금 그의 앞에 있는 미남자(?)의 담담하면서도 깊숙이 가라앉은, 그러면서도 단 한 점의 온기도 없이 시리도록 차가운 눈빛이 소름 끼치도록 선명하게 말해주고 있다. 이 미남자가 어떤 종류의 사람인지에 대해!

"몇 가지만 묻겠다. 조금이라도 대답이 늦으면… 역시 죽는다!"

미후가 담담하게 덧붙였다.

추선호는 즉시 고개를 끄덕인다. 그가 보일 수 있는 최대한의 성의를 담아서!

미후는 자신의 말대로 몇 가지만 간단히 물었다.

추선호는 최대한 상세하게 대답했다. 다행히도 그가 대답할 수 있는 질문들이었다.

미후는 마지막으로 잊으라고 했다. 자신이 물었던 것들에 대해! 그리고 자신을 만난 것 자체를!

추선호는 순순히 그러겠다고 했다. 조금의 거부감도 없이!

다시 말하는데, 이 미남자는 그가 감히 거부할 수 있는 상대가 아니었다.

그리고 목덜미 어림에 강한 충격을 받고, 추선호는 의식을 잃고 말았다.

노래 주점 사장은 가게를 나가는 미후의 뒷모습을 자동문이 완전히 닫힐 때까지 지켜보고 있었다. 입꼬리에 사뭇 묘한 미소를 달고서!

추선호는 6번 방에서 아직 나오지 않고 있었다.

사장이 처음에는 굳이 추선호에게로 가볼 생각을 하지 않고 있다가, 10여 분이 지나서도 추선호가 나오지 않자 호기심 반, 걱정 반으로 은근히 신경이 쓰여 슬그머니 6번 방으로 갔다. 그리고 그가 문을 열었을 때, 추선호는 바닥에 쓰러져 있었다.

"형님, 이게 무슨 일입니까?"

사장이 세차게 몸을 흔들고 나서야,

"우… 웅!"

추선호는 거우 정신을 차렸다.

그러나 사장은 추선호에게 어찌 된 일인지를 물어볼 여유까지는 미처 가지지 못했다.

쾅!

밖에서 발로 찼는지 문이 벌컥 열렸다.

"경찰이다! 움직이지 말고 그대로 있어!"

고함과 함께 들이닥친 것은 서너 명의 경찰이었다.

경찰은 다짜고짜 두 사람의 몸을 수색했다.

그 결과, 추선호의 바지 주머니에서 흰색 가루가 담긴 작은 비닐 봉지가 하나 나왔다.

간단히 맛과 냄새를 확인해 본 경찰은 곧바로 마약이라고 판단했다.

물론 추선호로서는 전혀 알지 못하는 물건이었고, 그 물건이 왜 자신의 주머니에 들어 있는지는 더욱이 영문을 모를 노릇이었다.

그러나 추선호는 해명하기를 간단히 포기했다. 마약이 자신의 주머니에 들어 있는 까닭에 대해 이내 짐작할 만했기 때문이다.

그처럼 소름 끼치도록 차가운 눈빛을 가진 그 미남차가 굳이 이처럼 얕은 수를 쓴 것에 대해, 어쩌면 오히려 그 자신을 위해 나쁘지 않을 수 있다는 직감이 들기도 했다. 그리고 그의 경험상, 이런 종류의 직감인 경우에는 그냥 믿고 따르는 쪽이 결과적으로 안전했던 경우가 많았다.

의뢰

지난번 당국의 성매매특별법 일제 단속 때, WWT에 이어 와이키키에 대해서도 검찰의 대대적인 압수 수색이 행해졌었다.

그러나 검찰은 사전에 충분한 정황증거들을 확보하고 있었음에도 불구하고, 막상 몇 건의 경미한 위법 사항들을 추가로 확보한 것 외에는 결정적인 증거를 찾아내지 못했다.

그러한 실망스러운 결과에 대해서는, 아마도 검찰의 누군가가, 그것도 높은 수준의 보안을 요하는 고급 정보에 쉽게 접근이 가능한 고위급이 사전에 정보를 흘렸을 가능성이 크다는 얘기가 검찰 내부에서도 공공연하게 나왔다.

그렇지 않고서야 와이키키 관계자들은 물론이고, 관할 지역의 공무원들과 룸살롱의 단골들까지 범주에 두고 광범위하고도 전격적으로 이루어진 일제 단속이 별다른 소득도 없이, 그처럼 허무하게 끝날 여지는 거의 없는 것이기 때문이다.

다만 실질적으로 태성그룹 계열이라는 동일한 배경을 가지고 있으면서도 유독 WWT만 속절없이 무너진 데 대해서는 WWT와 와이키키가 동시에 무탈하게 살아남을 것에 뒤따를 의혹과 의심을 염려해 두 곳 중 한 곳에 대해서만 긴급히 대응할 수 있을 정도의 시간적 여유 등을 미리 계산하고 난 뒤 정보가 흘러 나간 것이리라는 관측이 있었기 때문이다.

어쨌든 대대적인 성매매특별법 단속 결과가 제일(第一)의 목표로 잡았던 와이키키에 대해서는 정작 아무런 결과를 내지 못한 것에 당장 언론에서부터 비난이 일었고, 검찰은 당장에 곤란해지고 말았다.

그러나 검찰이 이렇다 할 대책도 없이 와이키키에 대해 다시 압수 수색 등의 강수를 두기에는 무리였다. 또한 누군지도 모르는 내부의 정보 유출자를 색출하겠다고 무작정 조직을 흔들어서 검찰 스스로가 혼란에 빠지고 마는 우를 범할 수도 없는 노릇이었다.

결국 사건은 검찰의 감찰부를 거쳐 국가비밀정보국으로 의뢰되었다. 그리고 다시 1팀의 박윤호 팀장 쪽으로 배정이 되었다.

박윤호 팀장 쪽에 부여된 임무는, 와이키키의 구린 구석들을 입증할 수 있는 증거자료를 최대한 수집하는 것이었다.

보다 구체적으로는, 우선 와이키키의 실제 매출 규모와 탈

세 규모를 파악할 수 있는 비밀 회계 장부의 확보를 목표로 하고, 추가로 가능하다면 소위 VIP 고객 리스트를 확보하는 것이었다.

만약 VIP 고객 리스트까지 확보할 수 있다면 와이키키와 나아가 태성그룹 쪽을 비호하는 검찰 및 정관계의 고위급 인사들의 실체를 추적할 실마리를 얻을 수도 있을 것이었다.

그런데 와이키키 쪽에서도 이미 검찰의 압수 수색과 수사를 겪어본 만큼, 비상 상황에 대한 체계적 대비가 되어 있을 것을 예상해야만 했다.

무작정 치고 들어갔다가는 지난번 검찰의 압수 수색 때처럼 역시나 아무런 소득 없이 빈손으로 나오기 십상일 터!

그리하여 와이키키와 태성그룹 쪽의 핵심 인물이 아니면서도 와이키키의 깊숙한 속사정까지 두루 알고 있을 만한 대상으로, 와이키키의 영업2본부장 추선호가 물색된 것이다. 이어 추선호의 주변 정보 수집 과정에서 그의 독특하고도 은밀한 취향까지 밝혀진 것이고!

추선호에게 일어난 사건은 사실 그렇게 된 것이었다.

미후가 전면에 나서게 된 것에 대해서는 다소간의 우여곡절이 있었다.

그러나 그 자세한 곡절까지 파고들 필요까지야 없는 일이고, 다만 미후가 스스로 제안한 방법론에 대해서는 철민이 처음에 약간의 거부감을 표시했지만 그녀가 변장한 모습을 보고는 더 이상 토를 달지 않았다.

어쨌든 미후가 추선호로부터 캐낸 정보를 토대로, 한상운이 와이키키를 공략할 세부 계획을 세웠다.

마약 소지 혐의로 긴급체포된 추선호가 경찰 유치장에 구금되어 있는 동안, 그럼으로써 그가 와이키키와 완벽하게 격리되어 있는 24시간 내에 이루어져야 할 계획이었다.

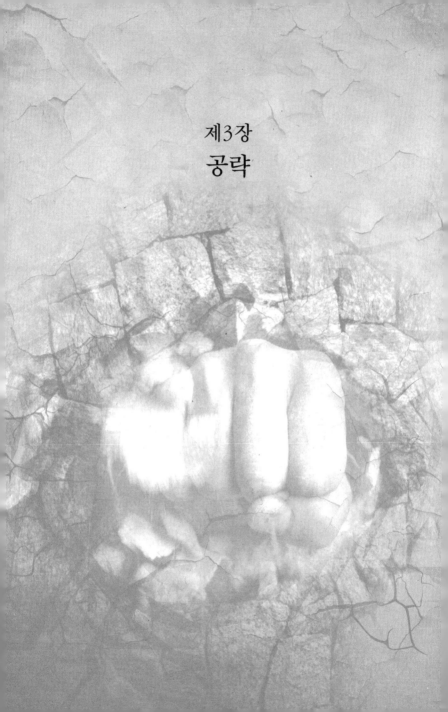

제3장

공략

신삥들

　　와이키키의 B4층 A구역 홀 매니저인 황순범은 설핏 이마를 찡그리고 말았다. 입구로 들어서고 있는 한 무리를 보고 나서다.

　　'신삥들……!'

　　그들 넷은 모두 20대 후반이거나 30대 초반으로 보였다. 룸살롱에 출입하기에는 무리가 있을 법한 나이들인 것이다.

　　물론 '룸살롱에 출입하기에 무리가 있을 법한' 이유가 나이가 될 수는 없다. 주머니만 두둑하면 누구나 출입할 수 있다. 미성년자만 아니라면 말이다.

그러나 넷 중에서 제법 깔끔한 허우대의 녀석도 있고, 계집애처럼 곱상한 얼굴의 미남도 있지만, 그렇다고 무슨 재벌가의 자식들쯤으로 보이지는 않아서 돈을 펑펑 써댈 것 같은 '삘'이 느껴지지는 않았다. 그냥 어디서 1차로 소주 한잔 걸치고, 다분히 충동적으로 룸살롱이란 곳에 첫 발걸음을 해보는 애송이들 같았다.

현재 시간 밤 10시. 이제 한창 손님들이 몰려들 시간대다. 이런 신삥들은 받아봤자 오히려 손해다. 술값 걱정에 기껏 해봐야 양주나 한 병 시켜놓고 눈치 보며 홀짝거릴 것이다. 그 시간에 다른 손님을 받으면 몇 배의 매출을 올릴 수 있었다. 물론 이런 경우 흔히 쓰는 방법이 없지는 않다.

"삼촌! 여기 아가씨들 많아요?"

신삥들 중에서도 그저 평범하게만 보이는 녀석이 물었다.

'삼촌? 새끼가, 여기가 무슨 변두리 노래방인 줄 아나?'

내심이야 그렇더라도 황순범은 일단 덤덤하게 웃었다.

'아이고! 이걸 어떡합니까? 오늘따라 예약 손님들이 왕창 몰리는 바람에 룸이 다 차버렸는데⋯⋯? 손님들! 죄송하지만, 다음에 다시 찾아주셔야겠습니다! 그때는 제가 책임지고 룸을 새로 만들어서라도 내드리겠습니다. 그리고 서비스로 안주 한

사라도 넣어드리겠습니다!'

라고 말하더라도 웃는 얼굴로, 그리고 아무리 신삥들이라도 손님은 손님인 만큼 정중하게 해야 하는 것이니까!

그러나 그가 준비한 말을 미처 꺼내기도 전에 제법 듬직한 체구의 다른 신삥 하나가 마치 랩이라도 하듯이 껄렁껄렁 말을 던진다.

"다른 델 갔더니, 아가씨가 셋밖에 안 된다고 하더라고요? 남자 넷이서 쪽팔리게 아가씨 셋을 데리고 어떻게 놀겠어요? 그래서 이리로 왔지요. 여기가 서울에서, 아니, 대한민국에서 제일 큰 곳이라고 하던데, 우리 아가씨 다섯! 오케이? 노~ 우 프라~ 블럼?"

좁혀져 있던 황순범의 미간이 슬며시 펴진다.

'잘못 봤던가? 신삥들은 신삥들인데, 어디 시골 구석의 땅부잣집 자식들이라도 되나?'

싶어진 것이다. 넷이 와서 아가씨 다섯을 넣어달라니, 돈 좀 쓰겠다는 얘기가 아닌가.

일단 아가씨 다섯이 들어간다면, 매상 걱정이야 할 필요가 없을 일이다. 매상이야 아가씨들이 알아서 빵빵하게 올려놓을 테니까!

"와우! 오랜만에 보는 상남자들! 우리 상남자들 좋아합니다. 오우~ 케이! 노~ 우 프라~ 블럼! 지금 막 룸 하나가 빠진답니다. 그리고 여기가 어딥니까? 와이키키! 아가씨들이야 뭐, 원하신다면 열 명이라도 문제없지요!"

황순범이 조금은 과장되게 신삥들에게 장단을 맞춘다. 이어 홀 안쪽을 향해 경쾌하게 외친다.

"건모야! 여기 손님들 모셔라!"

곧바로 나비넥타이를 맨 웨이터 하나가 잰걸음으로 달려온다.

웨이터의 왼쪽 가슴에 달린 명찰을 보고 신삥들이 피식거리며 웃어댄다.

[웨이터 김근모]

"모시겠습니다. 저를 따라오십시오!"

김건모 아닌 김근모가 넙죽 허리를 숙이며 외친다. 그러곤 곧장 앞장을 선다.

신삥들이 쫄레쫄레 따라가는 와중에 좀 전 '꿀렁꿀렁'하게 '아가씨 다섯!'을 '던졌던' 그 신삥이 황순범을 뒤돌아보며 다시 꿀렁꿀렁 말을 던진다.

"삼촌! 아가씨들은 연예인급으로 부탁해요! 오우~ 케이? 아이 빌리~ 브 유!"

"예~ 압! 오우~ 케이! 노~ 우 프라~ 블럼!"

황순범이 싹싹하게 장단을 맞춰주었다. 그러곤 슬쩍 몸을 돌리며 혼잣말을 뱉는다.

"개새끼들! 아주 제대로 놀고 자빠졌네! 어린 노무 시키들 이 벌써부터 발라당 까져 가지고는⋯⋯!"

양아치들

"아~ 씨! 오늘따라 왜 이래? 뭔 날이야?"

입속으로 투덜거리며 황순범은 다시금 이맛살을 찌푸리고 말았다. 입구로 들어서는 한 무리의 손님이 다시금 그의 신경을 건드리고 있는 것이다.

10여 명이나 되는 놈들은 한눈에 보기에도 건달패거리다. 대부분 20대로 보이는 그들은 다듬어지지 않은 거친 기세를 굳이 숨기기는커녕 오히려 위세를 부리려는 듯이 한껏 드러내 보이고 있다.

짜증은 짜증이고, 황순범은 설핏 긴장을 하지 않을 수 없었다. 놈들의 족보를 쉽게 짐작해 볼 수 없었기 때문이다.

하긴 족보가 있는 정도라면, 섣불리 와이키키를 출입하지도 않을 것이다. 대한민국 조폭계는 태성과 세진에서 양분하고 있다고 해도 과언이 아니다.

그런 터에 태성 쪽이라면 사전에 양해를 구했을 것이고, 최소한 미리 통보도 하지 않고 이곳에 얼씬거릴 이유는 없다.

세진 쪽 또한 마찬가지다. 현재 양쪽 간에 민감하게 돌아가는 전반적인 상황 때문에라도, 그쪽에서 오해를 살 만한 일을 굳이 벌일 이유는 없을 것이다.

최근 영업을 재개한 WWT의 운영 주체가 세진 쪽이라는 사실이 이미 공공연하게 확인되고 있는 마당에, 그쪽에서 오히려 태성 쪽의 눈치를 봐야 하는 입장이기도 하고 말이다.

'이렇다 할 족보가 없다?'

그렇다면 어디 지방 촌구석에서 서울로 올라온 지 얼마 되지 않는, 조폭도 못 되는 양아치들일 가능성이 컸다. 그리하여 와이키키가 어떤 곳인지, 그 뒤에 누가 버티고 있는지 세상 물정 모르고 그저 물 좋다는 소리만 듣고 무작정 밀고 들어온 것일 수도 있다.

놈들에게 배어 있는, 미처 지워지지 않은 촌티가 그럴 가능성을 확연히 높여주고 있었다.

그러나 그렇다고 해서 놈들을 무작정 쫓아낼 수는 없는 일이다. 한창 손님들이 몰리고 있는 황금 시간대인데, 놈들과 괜한 시비라도 벌어진다면 그것으로 인해 생길 영업 피해가 결코 만만치 않을 것이니 말이다.

그리고 촌티 날리는 양아치들이라고 해서 룸살롱 출입을 하지 말라는 법은 또 없지 않은가? 곱게 놀다가 가준다면 문제가 될 건 또 없는 것이다. 만약에 문제가 생긴다면 그때 가서 적절하게 조치를 취할 수도 있는 것이고!

전화 한 통이면 서울 바닥에서도 알아주는 '형님'급의 어깨들이 즉시 출동할 테니 말이다.

"널찍한 방으로 하나 주쇼! 언니들도 한 네다섯… 쯤 넣어주고!"

하고 말한 자는, 패거리들 중에서는 그래도 제법 닳은 데가 있어 보이는 놈이다. 그리고 아가씨들 넣으라는 소리에 동했는지 저희들끼리 키득거리는 모양새에서 황순범은 놈들이 마치 어디서 한 탕을 하고 돈푼깨나 넉넉히 챙긴 와중에 뒤풀이라도 하러 온 듯한 느낌을 받았다.

"예~ 에! 알겠습니다!"

황순범이 선선하게 대답해 주었다. 그리고 홀 안쪽을 향해 경쾌하게 외친다.

"시경아! 여기 손님들 모셔라!"

곧장 웨이터 하나가 잰걸음으로 달려온다.

"모시겠습니다. 저를 따라오십시오!"

[웨이터 성쉬경]

웨이터가 달고 있는 명찰을 읽었던지, 놈들 중 하나가 실실

웃어대며 뱉는다.

"흐흐흐~ 흐! 성쉬경? 성쉬경이래?"

다른 놈 하나가 성쉬경의 어깨를 툭 치며 거든다.

"어이, 성쉬경! 우리 방에 아가씨들은 쭉쭉빵빵으로! 콜?"

그러자 또 다른 놈이 키득거리며 끼어든다.

"야! 새꺄! 쭉쭉빵빵이 뭐냐, 쭉쭉빵빵이! 촌발 날리게! 어이, 성~ 쒸경이! 아가씨들은 모조리 연예인급으로! 콜?"

'연예인급!'이라는 소리에 황순범이 피식 실소하며 내심으로 중얼거린다.

'이런… 개새끼들이? 어디서 단체로 쥐약이라도 처먹었나? 어찌 된 게 개나 소나 연예인급을 찾아?'

두 탕 뛰기

룸 안은 빠른 템포의 음악 소리가 쿵쾅거렸다.

그런 와중에 여자의 높고 맑은 목소리가 간드러지게 리듬을 타고 있다.

테이블에는 이미 양주병이 대여섯 개나 올라와 있다. 안주도 풍족하다. 아가씨들은 분위기를 살린다고 릴레이로 노래를 불렀고, 같이 춤추자고 손님들의 손을 잡아 끈다.

그러나 흥겨운 분위기는 아가씨들만의 것이었다. 손님들은 때때로 술잔을 들었지만, 그저 가볍게 입술만 축이고 있다.

손님들, 네 명의 사내는 바로 와이키키 B4층 A구역 홀 매니저인 황순범에 의해 '신삥들'로 간단히 규정된 주인공들이다.

그들은 바로 철민과 한상운, 강혁수, 그리고 사내로 분장한 미후다.

거나하게 흥청거리면서도 묘하게 겉도는 분위기가 이어지던 와중 별안간 룸의 문이 벌컥 열린다. 그리고 사내 하나가 불쑥 안으로 들어선다.

"어……?"

스포츠머리를 엷은 갈색으로 염색한 그 사내는 곧장 의아해했다. 아마도 방을 잘못 찾아들어온 듯했다. 그러더니 갈색 머리의 사내는 곧장 몸을 돌린다. 남의 방에 불쑥 들이닥쳐 분위기를 깨놓고는 사과 한마디도 없이 그냥 돌아서 나가려는 모양이었다.

그런데 그때, 그대로 방을 나가는가 싶더니 갈색 머리의 사내가 다시금 휙 몸을 돌린다.

"야, 너? 너, 왜 여기 와 있어?"

대뜸 고함부터 지른 갈색 머리의 사내가 손가락질로 테이블 안쪽에 앉은 누구를 가리킨다. 강혁수의 곁에 앉은 아가씨다.

"어라? 가만있어 봐! 너, 지금? 이러~ 언 씨~ 발 년이 지금 어디서 두 탕 뛰기를 하고 지랄이야?"

갈색 머리의 사내가 다시 거칠게 말을 이었다.

지목당한 아가씨가 아연실색한다.

"어머~ 엇? 왜 이러세요? 저 아니에요! 사람 잘못 보셨어요."

그러나 갈색 머리의 사내는 더욱 기세가 등등해진다.

"뭐, 사람을 잘못 봐? 야, 이년아! 내가 날아가는 새 좆이 섰는지 죽었는지도 알아보는 사람이다. 씨발 년이 지금 누구를 호구로 아나? 이걸 그냥 확~!"

갈색 머리의 사내가 주먹을 치켜들며 위협한다.

"아악!"

아가씨가 기겁하여 비명을 내지르며 화들짝 강혁수의 뒤쪽으로 몸을 피한다. 그 바람에 테이블이 흔들려서 양주병이며 술잔 등이 넘어지며 요란한 소리를 낸다.

"사장님~! 저 사람 좀 말려주세요~! 사장님도 아시잖아요? 저 처음부터 여기 있었잖아요?"

아가씨가 강혁수에게 도움을 청했다.

그러나 강혁수는 이런 진흙탕 싸움에 휘말려 들고 싶지 않다는 듯 짐짓 곤란하다는 표정을 짓고 서 있었다.

"야, 이년아! 너, 당장 이리 안 와?"

갈색 머리의 사내가 테이블을 밟고 올라선다. 곧장 테이블을 건너뛸 기세다.

그제야 더는 두고 보지 못하겠던지, 강혁수가 자리를 박차고 일어선다.

"이봐! 당신 지금 남에 방에 들어와서 이게 무슨 행패야?"

그러나 오히려 타오르는 불에 기름을 부은 격이 되고 만다. 갈색 머리의 사내가 더욱 거칠게 폭발한다.

"뭐, 당신? 야, 이 새끼야! 내가 왜 니 당신이야?"

고래고래 소리를 지른 갈색 머리의 사내가 테이블에서 뛰어내린다. 그러고는 제 성질을 못 이긴 듯 닥치는 대로 뒤집어엎는다.

쿠당탕!

와장창!

넘어져 뒹굴고 깨지는 소리가 요란하다.

그런 와중에 갈색 머리의 사내가 지목했던 아가씨가 재빨리 룸 바깥으로 도망을 친다.

갈색 머리의 사내가 곧장 아가씨를 뒤쫓아 나간다.

그런데 철민과 강혁수 등은 갈색 머리의 사내를 가로막기보다는 슬쩍 옆으로 피한다.

"야, 이년아! 거기 안 서?"

갈색 머리의 사내가 악을 써대며 아가씨를 쫓아간다.

"꺄아악!"

아가씨는 아가씨대로 찢어지는 듯이 비명을 질러낸다. 그러고는 구두마저 벗어 내팽개치고는 통로를 따라 내달린다.

난데없는 추격전으로 인해 룸살롱 전체가 아수라장이 되고 만다.

독 안에 든 쥐

사방에서 웨이터들이 달려 나온다. 가장 앞서 달려온 것은 상황을 먼저 발견한 황순범이다. 갈색 머리의 사내를 가로막은 그가 벌겋게 상기된 얼굴로 호통을 친다.

"야, 이 새끼야! 여기가 어딘 줄 알고 감히 깽판을 쳐? 너, 어디 소속이야? 누구 밑에 있냐고, 개새끼야?"

황순범은 놈들이 지방 촌구석에서 갓 상경한 세상 물정 모르는 양아치들이라고 짐작했었다. 그래도 좋은 게 좋다고, 별일 없으리라고 여기고 안으로 들였건만, 기어코 깽판을 치고 말아서 그의 말은 처음부터 거칠게 나왔다. 그리고 이런 유의 놈들일수록 초장에 기를 눌러 버릴 필요가 있기도 했다.

그런데 순간, 갈색 머리 사내의 눈동자가 확 뒤집어진다.

"이런, 씨발~ 놈이! 지금 그 말, 나한테 지껄인 거 맞아?"

순간 황순범은 절감하지 않을 수 없었다. 자신이 잘못 판단했다는 것을!

죽일 듯이 노려보는 눈빛과는 달리, 갈색 머리 사내의 목소리는 차라리 차갑게 가라앉아 있었다.

놈은 결코 어디 지방 촌구석에서 올라온, 조폭도 못 되는 양아치가 아니었다. 아니, 세상 물정 모르는 촌놈일지는 몰라도, 놈이 지금 보이고 있는 기세는 사람의 기를 대번에 확 죽여 놓을 만큼 생생히 살아 있는 야수의 그것이었다.

황순범은 저도 모르게 숨을 들이켰다. 그러고 나서야 그의 뒤로 몰려들어 있는 와이키키의 직원들이 보였다. 어림잡아 30여 명! 그가 담당하고 있는 B4층 A구역의 관리 직원들 중 주방 근무자들을 제외한 웨이터와 웨이터 보조들이 죄다 몰려온 셈이다.

그러나 든든한 느낌보다는 조급함이 확 밀려든다. 지금 그의 B4—A 구역은 일시적으로 모든 영업이 마비된 상태일 것이니 말이다. 어떻게든 최대한 빨리 사태를 수습해야만 했다.

"이봐! 여기는 와이키키야! 와이키키가 어떤 덴지 몰라서 이러나? 어디서 관리하는 구역인지 정말 몰라?"

황순범이 갈색 머리의 사내를 일깨우듯, 그리고 타이르듯 애써 부드러운 투로 말했다.

그러나 갈색 머리의 사내는 조금도 수그러들지 않는다.

"뭔 개소리야? 니미! 난 그딴 거 모르겠는데? 그래서 뭐 어쩌라고? 씨발!"

"허허!"

턱 막히고 마는 말문을 실소로 겨우 얼버무린 다음에야 황순범이 다시 잇는다.

"어이! 이 바닥이야, 한두 다리만 건너면 서로 다 연결돼! 그런데 남의 영업장에 와서, 그것도 한창 피크 타임에 이렇게 막무가내로 깽판을 치는 건 좀 아니지 않나?"

갈색 머리의 사내가 피식 냉소하며 받는다.

"그럼 우리가 부른 년이 다른 방에 가서 두 탕을 뛰는 건 괜찮고? 멀쩡한 사람들 호구로 만들어놓은 건 괜찮냐고! 씨발!"

황순범은 그제야 사정이 어떻게 된 건지 확연히 짐작할 수 있었다. 한창 붐비는 시간에 부족한 아가씨들을 보충하기 위한 궁여지책으로, 아가씨들로 하여금 두세 개의 룸을 한꺼번에 커버하도록 하는 경우가 있긴 했다.

그러나 자칫 민감한 시비가 생기기 십상이기에 아주 노련한 아가씨들에게나 가능한 일이고, 더하여 까다롭지 않은 손님들을 잘 선택하여 눈치껏 해야 하는 일이었다. 그런데 오늘따라 어설프게 일 처리를 했던지, 아니면 재수가 없었던지 기어코 사달이 생기고 만 것 같았다.

담당 매니저로서 그 또한 책임을 면하기는 어려울 것이다.

그가 미리 주의도 주고, 또 수시로 챙겼어야 할 부분이니 말이다.

그러나 지금 최우선적인 것은 어쨌든 사태를 진정시키는 것이다.

소란이 벌어지자마자 혹시 몰라서 일단 전화부터 해놓았다. 그러니 이제 곧 '어깨들'이 도착할 것이다. 서울 바닥에서도 알아주는 '형님'급의 어깨들 말이다. 그런 만큼 섣불리 놈들과 직접 부딪치기보다는 조금만 더 시간을 끄는 게 현명한 노릇일 터다.

갈색 머리 놈의 무례는, 나중에 충분히 응징해 주면 될 일이고!

"개새끼가 어디서 말끝마다 씨발이야? 아가리를 확 찢어서 젓갈을 담가 버릴라!"

황순범의 뒤쪽에서 누군가 내지르는 소리였다. 아마도 갈색 머리 사내의 도발을 맞받는답시고 한 짓이리라.

황순범은 아차 싶었다. 그러나 이미 늦었다. 그 한마디에 갈색 머리의 사내가 다시금 폭발하며 두 눈에서 확 불길을 뿜어낸다.

"이런~ 씨불 놈들이? 그래, 오늘 아가리 한번 찢겨보자! 야, 이 개~ 씨~ 불 놈들아! 덤벼! 귀찮으니까 하나씩 오지 말고,

한꺼번에 와! 다 와! 개새끼들아!"

갈색 머리 사내의 입에서 고래고래 악다구니가 터져 나왔다.

그리고 그때였다.

콰앙!

홀 저 안쪽 룸 한곳의 문이 부서질 듯이 거칠게 열린다. 그리고 10여 명의 무리가 튀어나왔는데, 바로 갈색 머리 사내의 패거리였다.

"야, 뭐냐?"

"뭔 일이냐, 막내야?"

패거리 중에서 두엇이 소리쳐 물었다. 그러나 갈색 머리의 사내는 대답 대신,

"덤비라니까~! 이 씨~ 불 놈들아~!"

고함을 지르며 황순범을 향해 돌진한다.

그 겁 없는 기세에 황순범은 얼른 뒤로 빠진다. 그러자 그의 바로 뒤에 서 있던 웨이터들이 대신 자리를 메우며 갈색 머리의 사내를 맞는다.

갈색 머리의 사내가 그대로 웨이터들 사이에 파묻히며 허우적거린다.

그러나 곧이어 놈의 패거리 10여 명이 일제히 덮쳐들면서 이윽고 한바탕의 난투극이 벌어진다.

수적으로는 와이키키 쪽이 세 배 정도나 많다. 그러나 그들은 이내 밀리기 시작한다. 웨이터나 웨이터 보조들이니 그들 중 주먹깨나 쓴다는 치는 몇 안 되었고, 더욱이 깡이나 독기에서 갈색 머리네 패거리들과는 비교가 되지 않는다.

그러나 소동을 전해 들은 바로 옆 B4—B 구역의 웨이터들이 속속 달려온다. 그리고 상황은 다시 반전을 이룬다. 그냥 수적 우위가 아닌, 압도적인 수적 우위를 확보한 웨이터들은 갈색 머리네 패거리를 일방적으로 밀어붙인다.

갈색 머리네 패거리는 거칠게 저항해 보지만, 하릴없이 홀 안쪽으로 밀려들어 간다.

그런데 다시 그때였다. 홀의 입구로 10여 명의 사내가 급하게 들어서고 있다.

검은색 정장 일색인 그들의 차림을 보고 황순범은 이윽고 '어깨들'이 도착한 줄로 알았다.

그러나 대치가 벌어지고 있는 홀 안쪽으로 곧장 달려 들어간 검은 정장의 무리는, 그대로 웨이터들의 배후를 덮쳤다. 무리는 갈색 머리네 패거리와 한편이었다. 그러고 보면 갈색 머리네 패거리는 황순범이 처음 짐작했던 것과는 다르게, 제법 규모가 있는 조직인 모양이다.

생각지도 못한 적 지원군들의 등장과 더욱이 졸지에 배후를 급습당한 데 따른 혼란과 당황으로, 웨이터들의 진영은 일시에 우왕좌왕하며 지리멸렬하는 모양새였다. 그런데 그때 다시,

"와아아~!"

입구 쪽이 다시 소란스러워지더니 새롭게 수십여 명의 웨이터가 속속 달려오고 있다.

황순범은 안도의 숨을 돌리기보다는, 차라리 자포자기의 긴 한숨을 뱉는다. B3층에서 오는 웨이터들이었다. 이제 다른 층의 직원들까지 동원되는 형국으로 사태가 번졌으니, 도저히 걷잡을 수 없는 판국이 되고 만 것이다.

와이키키가 영업을 하는 4개 층 중에서 2개 층의 영업이 거의 마비되는 상황이니, 그로 인한 혼란과 손실은 감히 상상하기조차 어렵다.

어쨌든 웨이터들의 수가 백을 훌쩍 넘기자, 그들 20여 명의 패거리는 이내 홀의 가장 구석진 통로까지 몰린다. 더 이상 물러날 곳이 없어진 그들은 가까운 룸에서 테이블이며 소파 등의 집기들을 꺼내 마구 내던지는 한편, 이윽고는 통로 끝 지점에다 바리케이드를 쌓는다. 끝까지 한번 버텨보겠다는 작정인 듯했다.

급조되어 엉성한 바리케이드일지라도, 패거리는 그것에 의지하여 악착같이, 그야말로 필사적으로 저항을 한다.

그러자 비록 100여 명이나 되는 압도적인 숫자의 우위에도 불구하고, 웨이터들이 당장 어떻게 해보기는 어렵다.

그러나 패거리는 이제 독 안에 든 쥐나 마찬가지다. 놈들의 뒤는 막다른 벽이었고, 앞은 철통같이 가로막혔으니 말이다.

"근데 이 새끼들은 연락한 지가 언젠데, 도대체 뭘 하고 자빠졌기에 아직도 소식이 없어?"

황순범은 짜증스럽게 뱉으며 휴대전화를 꺼낸다. 이제야말로 '어깨들'이 역할을 해주어야 할 때였다.

확보 완료

철민 등 네 사람은 소란을 틈타, 홀의 가장 구석진 통로 끝으로 신속히 이동했다. 그곳은 막다른 벽 같았다.

그러나 벽에 걸린 대형 걸개 그림을 젖히자, 강렬한 색채의 벽화로 교묘하게 위장된 작은 철문이 하나 나왔다.

철문에는 비밀번호를 입력해야 열리는 잠금장치가 교묘하게 설치되어 있다.

미후는 비밀번호를 누르는 대신 길고 좁다란 강철 띠 같은 물건으로 잠금장치를 아예 해체하려는 시도를 했다.

삐이잉!

요란한 경보음이 울렸다.

그러나 미후가 또 뭘 어떻게 했는지 이내 소리가 멎었다.

잔뜩 긴장한 표정으로 지켜보던 강혁수가 감탄스럽다는 듯 고개를 끄덕여 보인다.

그러나 미후는 무표정 그대로 무반응했다.

강혁수는 머쓱한 얼굴이 되고 만다.

한상운은 가만히 안도의 숨을 내쉰다.

이곳에 와이키키의 비밀 금고로 통하는 철문이 숨겨져 있다는 사실은 미후가 와이키키 영업2본부장 추선호로부터 얻어낸 정보 중 포함되어 있었다.

추선호는 그 같은 사실이 와이키키의 사장과 금고 지기 역할을 하는 최측근만 알고 있는 극비 사항이라고 했다. 그럼에도 자신이 그런 극비 사항을 알게 된 것은, 자신이 한때 잠깐 그 최측근의 운전 기사 역할을 한 덕분이라고 했다.

어느 날 만취한 그 최측근이 자랑삼아 하는 얘기를 들었고, 언젠가 한번 호기심을 참지 못하고 대형 걸개 그림 뒤에 있는 철문의 존재를 직접 확인해 본 적도 있다고 했다.

솔직히 100퍼센트 신뢰하기에는 무리가 있는 얘기였다. 그러나 역시 추선호가 유치장에 구금되어 있는 24시간 내에 뭔가 결과물을 확보해야만 한다는 제약 때문에라도, 어느 정도의 모험을 감수할 수밖에 없는 상황이었다.

잠깐 울렸던 경보음은 하정태 등이 일으키고 있는 소란에 묻혀 버린 듯했다.

그랬다. 지금 홀에서 한바탕의 난투극을 벌이고 있는 20여 명의 패거리는 바로 하정태와 그의 팀원들이다.

그들은 한상운 등이 비밀 통로로 진입할 시간을 벌어주고, 다시 소기의 목적을 달성하고 되돌아 나올 때까지 비밀 통로 앞을 어떻게든 사수하고 있을 것이다.

철문 안쪽으로는 한 사람이 허리를 숙이고 겨우 지나갈 수 있는 정도의 좁은 통로가 이어졌다. 통로는 뚜렷하게 아래쪽을 향해 경사가 져 있다.

직선거리로 대략 15미터쯤이나 걸었을까? 그들은 이윽고 통로의 마지막에 도착했다. 그리고 다시 하나의 작은 문과 마주했다. 잠금장치가 없는 나무로 된 문이다.

문을 열고 들어선 안쪽은 좁은 밀폐 공간이다. 그리고 내부에 있는 것이라곤 작은 책상 하나와 의자 하나, 그리고 벽면에 세워진 어른 어깨 높이의 육중해 보이는 금고 하나가 전부다.

잠시 금고를 살피던 미후가 가만히 고개를 흔든다. 자신으로서는 열 수 없다는 것이리라.

강혁수가 성큼 금고 앞으로 다가선다. 그가 걸치고 있던 재킷을 벗자, 왼쪽 옆구리 부위에 조임 끈으로 밀착되어 있는 검은색의 작고 납작한 팩이 보인다. 이어 그가 팩에서 뭔가를 주섬주섬 꺼냈는데, 그것은 마치 아이들 놀이용으로 쓰는 듯한 찰흙처럼 생긴 물건이다.

그는 그 회색 물질을 적당한 두께의 띠로 말아서 금고의 도어 손잡이와 잠금장치 주변으로 넓게 붙인다. 그리고 라이터를 꺼내 그 한쪽 끄트머리에다 불을 붙인다.

피~ 시시~ 시싯!

회색 물질의 띠가 순백에 가까운 투명한 빛의 불꽃을 내며 맹렬히 타들어 간다. 그러고는 순식간에 그 형체가 사라져 버렸는데, 띠를 붙였던 자리만 옅은 잿빛으로 화해 있었다.

강혁수가 고개를 갸웃했다. 뭔가 확신이 서지 않는 듯 보인다. 다음 순간, 그가 금고의 잠금장치 부분을 힘껏 발로 찼다.

쿵~!

놀랍게도 금고의 전면에 널찍한 구멍이 하나 생겨났다. 좀 전에 회색 물질의 띠를 붙였던 부분이, 마치 절단이라도 된 듯 그대로 안으로 밀려들어 간 것이다.

한상운이 재빨리 다가서며 금고 안을 살핀다. 그리고 몇 묶음의 서류 뭉치를 꺼내 빠르게 살핀다.

잠시 후, 한상운이 철민을 향해 고개를 끄덕여 보인다. 이어 그는 휴대전화를 꺼냈고, 곧바로 누군가와 연결이 된 듯 간단하게 보고를 한다.

"확보 완료!"

제4장

퇴로

지금은 임무 수행 중이야!

급조된 바리케이드 너머로, 통로를 가득 메우다시피 하고 있는 웨이터들의 진영이 갑자기 썰물처럼 쭉 빠지면서 뒤로 물러난다.

이어 새로운 한 무리가 그 공백을 채우며 들어온다.

새로이 등장한 그들 40여 명의 사내가 손에 들고, 혹은 어깨에 걸치고 있는 야구방망이이며, 쇠 파이프며, 혹은 보기만 해도 섬뜩한 손도끼 따위는 대부분 짙은 색상의 정장 차림인 그들의 옷차림과는 사뭇 불협화음을 이뤘다.

그러나 굳이 연장들 때문이 아니더라도, 은연중에 풍기고 있는 기세만으로도 그들은 소위 '싸움을 해본', 그리고 '싸움을 할 줄 아는' 자들이었다.

하정태는 가만히 숨을 골랐다.

"어이, 거기! 대가리가 누구냐?"

바리케이드 바로 앞에까지 와서 버티고 선, 그들 새로운 40여 명의 무리 중 사내 하나가 앞으로 나서며 외쳤다.

저음의 묵직한 목소리였는데, 양측이 대치한 공간에 흐르고 있는 팽팽한 긴장감 따위는 아랑곳없다는 듯이 태연하게, 혹은 조금쯤 시큰둥하게까지 들리는 말투다.

반백까지는 아니지만, 새치라고 하기엔 좀 심하다 싶을 정도로 머리가 희끗희끗한 걸로 보아, 사십은 훌쩍 넘긴 것으로 보이는 건장한 체격의 중년 사내다.

그리고 중년 사내는 유일하다시피 연장을 들지 않았다. 마치 연장 따위는 들지 않아도 된다는 자신감 내지는 자부심을 드러내고 있는 듯하다.

하정태는 굳이 대답하지 않고, 차분히 사내를 주시한다.

"나, 명동 조상철이다! 너희들, 어디서 온 애들이냐?"

중년 사내가 다시 말했다.

순간 하정태의 눈빛이 설핏 흔들린다. 그도 아는 이름이다. 그리고 제법 유명세가 있기도 했다.

명동식구파! 태성에 있어 신갈파가 필요할 때마다 이득을 챙겨주고 쓰는 용병 개념이었다면, 명동식구파야말로 태성이 직접 육성하고 관리하는 직계의 정예 조직이라고 할 수 있다. 그리고 방계까지 포함하면 서울에서 가장 큰 조직이기도 하다.

조상철은 명동식구파의 행동대장 격이다. 그런 만큼 그 개인의 역량으로도 이 바닥 전체에서 손가락 안에 드는 실력자다.

조폭들이 등장하리라는 것이야, 처음부터 예상하고 있던 바였다. 그러나 명동식구파라니! 그것도 조상철이라니!

물론 그렇다고 하정태가 조금이라도 위축되는 건 아니었다. 아니, 오히려 투지가 솟구친다.

"시발 놈이 아무나 보고 애들이래? 내가 니 할배다, 씨발 놈아!"

하정태가 다짜고짜 거친 욕설로, 그러나 사뭇 덤덤한 투로 받았다. 그러자 그의 등 뒤에서,

"풋~!"

"푸훗!"

하고 몇 마디의 나직한 웃음소리가 들렸다.

그런 팀원들의 반응에 하정태는 하릴없이 쓴웃음을 짓고 만다. 하룻강아지 범 무서운 줄 모른다더니! 꼭 그 꼴이다. 서울 생활을 한 지 이제 한 달 남짓이니, 명동식구파나 조상철에 대해 알지 못하는 것이리라.

그러나 잘 알아서 지레 기가 꺾이는 것보다 차라리 다행이다 싶었다.

"허~ 저 새끼, 말하는 것 좀 보소?"

조상철 역시 어이없다는 듯 실소하고 만다. 그러나 그의 얼굴은 이내 벌겋게 달아오른다.

철문을 조금쯤 밀어젖히자 곧바로 어지러운 비명과 거칠게 악다구니 쓰는 소리들이 들어온다. 이어 철문을 조금 더 열고, 다시 그 앞의 대형 걸개 그림을 옆으로 좀 젖히자, 이윽고 바깥의 광경이 한눈에 들어왔다.

야구방망이며 쇠 파이프, 심지어는 손도끼와 망치 따위의 연장들이 난무하고 있다.

오륙십 명의 사내가 뒤엉켜 한바탕 치열하고도 살벌한 난투극을 벌이고 있다.

그런 와중에 한쪽에서 누군가 소화기를 분사시켰는지, 하얀 분말이 사방을 뒤덮었다. 그야말로 난장판이다.

철민은 재빨리 전체적인 상황을 살폈다. 하정태는 얼마 떨어지지 않은 앞쪽에서 미친 듯이 쇠 파이프를 휘둘러대고 있었다. 그리고 그를 중심으로 한데 뭉쳐 있는 20여 명은 그의 팀원들이리라.

확연한 열세다. 상대는 40여 명으로 수적으로도 두 배나 되지만, 한눈에도 이런 종류의 싸움에 이골이 난 자들로 보인다. 필시 와이키키와 연결된 조폭들이리라.

게다가 싸움판의 뒤쪽으로는 웨이터들을 포함한 와이키키의 직원들 백 수십여 명이 겹겹으로 홀 입구를 막고 있었다. 그러니 하정태와 그의 팀원들로서는 퇴로마저 완전히 봉쇄당한 상황이었다.

하정태와 그의 팀원들은 너 나 할 것 없이 온통 피투성이에 참혹한 몰골이었다.

헉헉대며 거칠게 숨을 토해내고, 지친 기색들이 역력하여 금방이라도 제 풀에 무너지고 말 듯 위태로워 보인다.

그런 와중에도 그들은 악착같이 이리 치고 저리 받으며 온몸으로 부딪치고 있었다.

그들은 싸운다기보다는 버티고 있었다. 철민 일행이 나올 때까지 어떻게든 철문 앞을 사수하고 말겠다는 듯이.

'울컥!'
철민은 속에서 뭔가 뜨거운 것이 치밀어 올랐다.

그러한 격동이 전이라도 될까? 강혁수가 힐끗 한상운을 돌아보았고, 한상운은 다시 철민을 쳐다본다.

그러나 한상운의 그 시선이, 자신에게 무엇을 결정하라는 의미가 아니라는 걸 철민은 안다. 신중해야 한다는 걸, 지침에 따라야만 한다는 걸 그에게 경각시키고 있는 것이다.

지침은 처음부터 정해져 있다. 이번 계획, 아니, 작전의 목표는 지금 한상운이 가지고 있는 몇 건의 서류들이었다. 따라서 그 서류들을 확보한 현 단계에서 그들의 다음 목표는 서류들을 안전하게 지켜내는 것이다.

그리고 그 목표를 위한 현시점에서의 최선은, 최대한 존재를 노출시키지 않고 기다리는 것이다. 작전의 한 부분인, 경찰의 진입이 이루어질 때까지!

지침에 따르자면, 만약 경찰이 진입하기 이전에 하정태와 그의 팀원들이 무너진다고 할지라도 그들은 여전히 기다려야 하는 것으로 되어 있다. 다시 와이키키 무리가 철문 안쪽의 상황을 알아챌 때까지의 시간을 얼마간이라도 벌 수 있고, 그렇게 일 분, 일 초라도 더 시간을 확보함으로써 그만큼 더 안전하게 서류들을 지켜낼 수 있다는 계산에서다.

'제기랄!'

철민은 내심 투덜거리고 말았다. 아무래도 체질에 맞지 않았다. 이런 임무를 수행하는 것 말이다.

목표니 지침이니 하는 따위들에 대해서 공감하지 못하는
건 아니다. 비록 냉정하고 비정할지라도, 그렇게 하는 것이 가
장 합리적이고 효과적이라는 데 대해서는 인정하는 바다.

그러나 지금 그의 가슴속에서 끓어오르고 있는 무언가는,
그에게 다른 선택을 하도록 충동질하고 있다.

하정태와 그의 팀원들은 어쨌든 그가 채용한 사람이라고!

그래서 그와 한편인 사람들이라고!

그와 한편인 사람들이 저렇게 피투성이가 되어 싸우고 있
는데, 더욱이 자신을 위해 사력을 다해 버티고 있는데, 어떤
이유로든 지켜만 보고 있을 수는 없는 거라고!

철민은 한상운과 잠깐 시선을 맞춘다. 이어 강혁수와 다시
미후와도!

한상운과 강혁수는 언뜻 의아해졌다.

그리고 미후의 눈빛이 설핏 흔들릴 때, 철민은 불쑥 철문을
밀고 밖으로 나간다. 그러고는 곧장 다시 철문을 닫는다.

쿵!

철문이 가볍게 닫히는 소리에 강혁수가,

"어엇?"

당황하며 곧장 철문을 다시 열려고 한다.

그러자 한상운이 재빨리 그의 어깨를 틀어잡는다.

"지금 뭐 하는 짓이야?"

"대표님이 혼자 나갔잖아? 근데 그냥 있어?"

강혁수가 어깨를 잡은 한상운의 손을 떨치려 한다.

그러나 한상운은 강혁수의 어깨를 틀어잡은 손아귀에 힘을 주어 버티며 무겁게 고개를 가로젓는다.

강혁수가 와락 인상을 일그러뜨리고는 미후 쪽을 바라본다. 그러나 당연히 그를 지지해 줄 것으로 기대했던 미후는 그저 무표정이었다.

강혁수가 으르렁거리듯이 뱉는다.

"당신은 보디가드라는 사람이 어떻게 그래요?"

"보디가드는 고용주의 지시를 우선적으로 따릅니다!"

미후가 무표정한 채로 나직하게 대답했다.

강혁수가 어이없다는 눈빛을 쏜다.

"뭐요? 그럼 지금 고용주가 위험에 처했는데도 구해 달라는 지시가 없었다고 구경만 하고 있겠다는 거요? 무슨 그런 소리가 다 있어?"

그러나 미후는 아예 시선을 돌린 채 반응을 하지 않는다.

"제기랄! 그럼 나 혼자라도 나갈 테니까, 이거 놔!"

강혁수가 어깨를 잡고 있던 한상운의 손을 쳐낸다.

그러나 한상운은 다시금 몸으로 강혁수의 앞을 가로막는다.

"지금은 임무 수행 중이야! 지침을 벗어난 독단적 행동은 결코 용납되지 않는다는 걸 명심해!"

한상운의 그 말은 차가우리만큼 단호했다.

그리고 한상운이 이번 작전의 실질적인 리더로서 명령권자이기도 했기에, 강혁수는 더 이상 그의 말을 거역하지 못한다.

한상운을 노려보는 강혁수의 숨이 사뭇 거칠다.

쉬워도 너무 쉽지 않은가?

막다른 벽에 걸린 대형 걸개 그림이 젖혀지면서 갑자기 사람 하나가 불쑥 걸어 나오자, 격렬하던 싸움판이 일시나마 주춤하며 장내 모두의 시선이 그쪽으로 쏠린다.

철민은 성큼성큼 앞으로 걸어 나간다. 하정태를 향해서.

하정태는 철민과 시선을 마주치면서 흠칫 당황한다. 뒤쪽 벽 속에서 몇 명의 사람이 나올 거라는 건 이미 알고 있었으니, 그게 당황한 이유가 되지는 않는다.

다만 지금 벽 속에서 나온 사람의 얼굴이 눈에 익다는 점 때문이다. 벽 속에서 나올 몇 사람 중 그가 아는 사람은 한 실장뿐인데 말이다.

분명 어디선가 본 적 있는 얼굴이다. 그런데 언제 어디서 어떤 일로 만났는지, 당장에 확연히 정리가 되지 않는다. 그리고 지금 그런 것이나 되새기고 있을 상황도 아니었다.

"저 새끼부터 잡아! 제껴도 좋으니까, 무조건 잡아!"

홀 입구 쪽에서 고함이 터져 나왔다. 고함에는 다급함이 묻어 있었다. 아마도 철민이 벽 속에서 나온 상황이 의미하는 바를 제대로 파악한 것이리라.

언제 왔는지, 뚱뚱한 체구에 머리 앞쪽이 훌러덩 벗겨진 대머리의 사내가 웨이터들이 진을 치고 있는 앞쪽으로 나와 있다. 50대쯤인 대머리의 사내는 와이키키의 수뇌부로 보였다. 그가 고함을 치자마자 와이키키 측 조폭들이 곧장 격렬해지고 있다는 점만으로도!

그 순간 하정태의 당황스러움도 끝이 났다.

"막아!"

하정태가 또한 다급하게 외쳤다. 그의 팀원들이 즉시 반응한다. 기진맥진한 몸을 억지로라도 움직여 재빨리 철민을 향해 모여든다.

그러나 철민을 중심으로 보호벽을 치려던 것일 그들의 의도는 곧바로 무산되었다. 철민이 성큼 그들에게서 멀어져 간 까닭이다.

철민은 내쳐 하정태마저 지나쳐 갔다.

하정태가 크게 당황하여 제지해 보려 했지만, 철민은 어느새 저만큼 성큼성큼 걸어가고 있다.

무언가 묘한 데가 있는 걸음걸이다. 그렇게 빠르지 않은 것 같은데도 보폭이 상당히 넓어서 쭉쭉 앞으로 나아가는 듯 보인다.

"에이, 씨발! 지금 뭐 하자는 거야?"

하정태는 원망을 토해냈다. 철민이 와이키키 측 조폭들에게 곧장 둘러싸이는 모습을 보면서.

그러면서도 그는 곧장 앞으로 달려 나간다. 그러나 그는 정작 세 걸음도 채 뛰지 못하고 주춤 멈춰 서고 만다. 다리가 풀려 버리기라도 한 것처럼!

하정태의 두 눈이 크게 떠진다.

조폭들이 휙! 휙! 나가떨어졌다.

조폭들에 둘러싸여 있는 사내의 움직임은, 딱히 다급하거나 격렬해 보이지도 않았다. 오히려 설렁설렁해 보였다.

사내는 양 주먹으로 펀치를 날리고 있다. 대단히 빠른 것도 아니었고, 권투 선수처럼 몸놀림이 세련되지도 않았다. 스텝이랄 것도 없고, 그냥 설렁설렁 움직이면서 가볍게 툭툭 던지는 주먹이다.

그런데도 원 샷, 원 킬?

한 방에 조폭 하나씩이 픽픽 쓰러지고 있다.

하정태는 두 눈으로 보고 있으면서도 도무지 이해가 되질 않는다.

'충분히 피할 수 있을 것 같은 펀치인데, 조폭들은 왜 피하지 않는가?'

이윽고 설핏 억울한 생각까지 들었다.

'저 사내는 도대체 뭔가? 이건 쉬워도 너무 쉽지 않은가? 저렇게 쉬울 것 같으면, 방금 전까지 나와 동생들이 터지고 깨져가며 죽을 등 살 등 싸웠던 의미는 대체 뭐란 말인가? 우리가 온 힘을 다한 그 치열했던 싸움을, 지금 저 사내는 아무것도 아니었던 것처럼 만들어 버리고 있지 않은가? 너무도 간단하고도 쉽게! 그것도 혼자서!'

잠깐 사이에 조폭 예닐곱이 나가떨어졌다.

그렇게 되고 보니 사내 주변의 조폭들은 이제 섣불리 다가서지 못하고, 오히려 주춤주춤 뒤로 거리를 벌리고 있다.

그럼으로써 장내는 일시의 소강상태가 되었다. 비록 아주 잠깐에 불과할 테지만!

그런데 그때였다.

타앙!

입구 쪽에서 굉음이 울렸다. 총성이다.

이어 웅웅거리는 확성기 소리가 들린다.

"경찰이다! 모두 그 자리에 엎드려!"

집행

룸살롱에서 벌어진 조폭들 간의 싸움에 경찰특공대 일 개 중대 100여 명이 출동한 것은 상당히 이례적이었다.

경찰은 처음부터 공포탄을 쏘는 등 신속하고도 강력한 작전을 편 덕에 이렇다 할 저항을 받지도 않고 간단히 소요를 진압했다.

현장에서 체포된 양측의 60여 명은 즉시 경찰서로 연행되었다.

그러나 연행자들 모두는 약간의, 다분히 형식적인 조사만을 받은 후 곧바로 방면이 되었다.

그처럼 이례적인 규모에다 강력한 진압 작전이 펼쳐진 것에 비하며 싱거운 결과였다.

한상운이 챙긴 서류들 중에는 와이키키의 비밀 회계 장부와 소위 VVIP 고객 리스트가 포함되어 있었다.

특히 VVIP 고객 리스트에는 와이키키에 대한, 검경과 정치권까지를 포함하는 광범위한 비호 세력을 파악할 수 있는 정황 내역들이 상당히 구체적으로 기술되어 있었다.

며칠 후, 검찰은 와이키키의 수뇌부에 대해 구속영장을 발부받아 전격적으로 집행하였다.

지난번 성과를 내지 못했던 성매매특별법 단속에 대한 재수사의 시작이었다.

한편에서는 검찰총장이 직접 주재하는 특별감찰 팀이 활동을 시작하였다. 아주 조용하게!

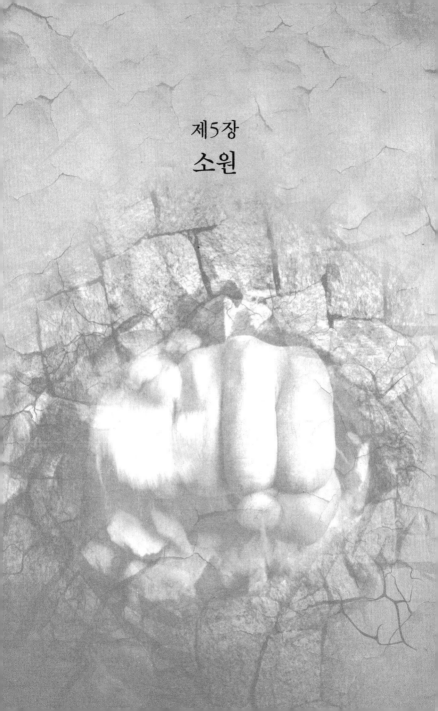

제5장
소원

은밀한 몰락

　검찰의 수사는 와이키키를 넘어 태성그룹으로 확대되었다.

　태성그룹 쪽에서는 발 빠르게 정치권과 법조계 등의 인맥들과 접촉을 시도하는 동향들이 감지되고 있다.

　그러나 그동안 태성그룹의 든든한 뒷배가 되어주었던 각계 요로의 인맥들은 이번에 지극히 조심스럽게 거리를 두는 분위기였다.

　태성그룹에서도 그런 분위기를 심각하게 받아들였는지, 감히 함부로는 움직이지 못하고 바짝 몸을 낮춘 채 은인자중하며 돌아가는 상황을 예의 주시하고 있었다.

이런저런 사정들로 인하여 와이키키는 개장 휴업 상태다.

그런 와중에 태성그룹 측에서 와이키키를 매각하려는 은밀한 움직임이 포착됐다. 이윽고 와이키키를 포기할 수밖에 없다는 결론에 도달한 것이리라.

와이키키는 시장에서 평가되던 가치에 비하면 대폭 낮은 가격에 매물로 나왔다.

그럼에도 당장 검찰의 서슬 퍼런 칼날을 받고 있는 와이키키를 감히 인수하겠다고 나서는 곳이 없었으니, 매물의 가격은 시간이 갈수록 급락에 급락을 거듭하고 있다.

인수하겠다는 의지를 보이는 곳이 처음으로 나타난 것은 매물의 가격이 거의 똥값(?)이나 마찬가지인 수준으로 내려앉고 난 다음이었다.

그렇더라도 태성 측으로서는 울며 겨자 먹기로 매물을 넘기려는 모양새였다.

이제쯤에는 얼마를 받느냐 하는 것이 중요한 것이 아니라, 곪아서 썩어 들어가는 상처를 도려내듯 와이키키와 당장 단절하는 것이 절실해진 까닭이리라.

그리고 언젠가 상황이 다시 좋아지면, 그때 와이키키를 되찾으리라는 계산도 있을 법하다.

그렇게 와이키키는 매각이 되었다.

그리고 역시 와이키키를 짓누르는 검찰의 서슬이 부담스러워서였는지, 이후 와이키키는 다시 서너 번의 손 바뀜 과정을 거친 후에야 최종적으로 주인을 만났다.

와이키키를 최종 인수한 곳이 PAR투자운용사와 모종의 관련이 있다는 사실을 아는 사람은 별로 없었다.

이제부터라도 좀 제대로 살아라, 짜샤!

하정태는 아침 일찍 침대에서 눈을 떴다. 보통은 10시가 넘도록 늘어지게 자는 편인데, 오늘은 해야 할 일이 있어서였다.

침대 아래쪽 방바닥에는 이부자리가 펴져 있다. 그러나 룸메이트인 태식이는 보이지 않는다. 녀석 또한 이렇게 일찍 일어나는 적이 드문데, 아마도 어제 건넌방의 세 녀석들과 진탕 술을 마셔대더니 아침부터 배를 쥐어짜며 화장실을 차지하고 앉아 있는 모양이었다.

이곳은 그가 동생 네 명과 함께 숙소로 쓰고 있는 곳이다. PAR투자운용에서는 그들에게 오피스텔 네 곳을 구해주었는데, 그들은 한 곳에 다섯 명씩 나뉘어 입주해 있었다.

그는 머리맡을 더듬었다. 그러나 휴대폰이 만져지지 않는다. 몸을 일으켜 찾아보았지만 주변에도 보이지 않는다.

침대에서 내려와 어제 입었던 바지 주머니를 확인하고, 또 여기저기 있을 만한 곳들을 뒤져도 나오지 않는다. 당장 쓸 일이 있는 건 아니었지만, 손에 없다는 것 자체만으로도 괜스레 안달이 난다.

'설마 냉장고에 들어가 있지는 않겠지?'

황당하지만, 그래도 혹시나 해서 냉장고를 뒤져볼 생각까지 하게 된다.

그때였다. 슬그머니 방문이 열리더니 태식이 들어온다.

"형님……?"

태식은 그가 일어나 있다는 것에 대해 설핏 당황하는 듯했다. 그런데 태식이 손에 들고 있는 휴대폰이 눈에 익숙하다.

"야, 그거 내 거 아냐?"

하정태가 혹시나 해서 던진 말에, 태식이 얼른 휴대폰을 내민다.

"여기 있습니다! 형님!"

"야! 너 뭐야? 왜 남의 휴대폰을 가져가고 지랄이야?"

"아… 죄송합니다. 형님 건지 몰랐습니다. 어젯밤에 윤철이가 두고 간 건 줄 알고……!"

태식의 변명은 왠지 궁색하게 들린다.

"윤철이가 왜 지 휴대폰을 이 방에다 두고 가? 그리고 윤철이 거면? 바로 돌려줄 일이지, 니가 들고 다니는 건 또 뭐야?"

"아, 그게… 제가 요금이 좀 밀려서 통화 정지가 된 상태입니다. 그런데 급하게 전화할 데가 생겨서… 잠깐 좀 썼습니다."

"하여간… 자식들이? 야, 인마! 니들 돈 나눠준 지 얼마나 됐다고, 벌써 휴대폰 요금 낼 돈도 없어?"

"돈이 없는 건 아니고… 낸다 낸다 하면서 미루다 보니, 그렇게 돼버렸습니다!"

"그러니까 그런 건 아예 자동이체를 시켜놨으면 되잖아?"

잔소리가 길어진다 싶었던지 태식이 슬쩍 받아친다.

"형님도 참! 제가 이번 말고 또 언제 고정적인 수입이 있었다고, 통장을 만들고 자동이체를 시켜놓고 하겠습니까?"

듣고 보니 짠하기도 해서, 하정태가 더는 몰아세우지 않고 슬쩍 농담조로 말을 돌린다.

"인마! 니가 그러니까 만날 여자들한테 차이기나 하고 그러는 거 아냐?"

태식도 장단을 맞춘다.

"아니, 형님! 그건 또 아니지요? 제가 언제 여자한테 차였다고 그러십니까?"

"그럼 안 차였냐? 한 번도?"

"예! 차본 적은 있어도 차여본 적은 없습니다!"

"훗! 자식이 지금 누구 앞에서 구라를 쳐? 어쨌거나 인마! 당장 통장 만들고 자동이체부터 시켜! 그리고 너, 진짜로 벌써 돈 다 써버린 건 아니지?"

"아… 참! 아닙니다. 아직 손도 안 대서 그대로 있습니다. 뭐, 아무튼… 말 나온 김에 오늘 나가서 통장도 만들고 자동이체도 신청하겠습니다!"

"그래! 하여간 이제부터라도 좀 제대로 살아라, 짜샤!"

"옙! 명심하겠습니다! 형님!"

태식이 환하게 웃으며, 장난스럽게 넙죽 허리를 접어 보인다.

꼭 좀 부탁드립니다!

"실장님! 부탁드리겠습니다! 꼭 좀 만나 뵙게 해주십시오! 정말 잠깐이면 됩니다!"

한상운은 결국 미간에 세로 주름을 만들고 말았다.

하정태의 이 부탁은 벌써 세 번째다. 앞서 두 번의 부탁에 대해서 그는 좋은 말로 거절했었다. 대표님은 엄청 바쁜 분이라서, 쉽게 만날 수 있는 분이 아니라고! 요즘은 자신 역시도 며칠째 얼굴조차 못 보고 있다고!

그런데 두 번씩이나 에둘러 거절했으면 적당히 포기를 할 것이지, 다시금 불쑥 찾아와서 또 같은 부탁이라니!

하정태가 본래 근성이 유별나다 할 만큼 강하다는 건 진작부터 파악하고 있는 바이지만. 그래도 이건 좀 너무 집요하다 싶었다.

한편 한상운은 조금 의아해지기도 했다.

처음 철민이 신규 사업 추진에 필요한 현장 인력 파트를 맡아줄 적임자로 신갈파 출신의 하정태를 언급했을 때도 그랬었다.

신갈파라면 보스인 서건호가 '아작' 난 사건에 어떤 식으로든 철민이 연계되어 있을 것이라고, 박윤호 팀장이 강하게 의심했던 바 있다. 사실 한상운 역시 박윤호 팀장의 그런 의심에 대해 내심 공감하는 쪽이다. 그래, 그가 철민에게 물었었다.

"하정태라는 사람과는 어떻게 아는 사이입니까?"

철민은 대수롭지 않은 듯이 대답했었다.

"뭐 굳이 아는 사이라고 할 것도 없이, 어떻게 하다 보니 알게 된 사람입니다. 그마저도 별로 유쾌한 인연은 못 되고요! 하하하!"

이후 하정태와 사전 접촉을 하는 과정에서도 한상운이 슬쩍슬쩍 직간접적인 유도 질문을 던져봤었다.

그러나 하정태 역시 철민에 대해 전혀 알지 못하는 눈치였다.

그리하여 한상운은, 하정태 본인에게도 세진기업의 특수사업부장 염기준 전무에게 소개를 받은 것으로 관계를 설정해 둔 것이었다.

'어차피 하정태는 제한된 필요에 의해 임시로 끌어들인 존재일 뿐이다. 따라서 그와의 접점은 내 선까지만으로 국한시켜도 충분한 것이지. 그 이상으로 넓힐 필요는 조금도 없다.'

한상운의 생각은 그랬다.

"요즘 대표님께서는 아주 살인적일 정도의 일정을 소화하고 계십니다. 따라서 지금은 시간 단위가 아니라, 분 단위로 쪼개서 스케줄을 잡고 있는 형편이에요. 그런데 하정태 씨! 도대체 무슨 일입니까? 무작정 대표님을 만나게 해달라고만 할 게 아니라, 먼저 저한테 무슨 용무인지 말씀을 해보세요. 제가 일단 들어보고 나서 정말로 그래야 할 필요성과 시급성이 있다고 판단이 되어야 대표님께 전화로 보고라도 드려볼 거 아닙니까?"

한상운이 애써 성의를 보이며 말했다.

그러나 하정태는 생각해 보는 기색도 없이 곧바로 고개를 가로젓는다.

"대표님을 직접 만나 뵙고 드려야 할 말씀이 있습니다!"

이윽고 한상운이 짜증이 나는 것을, 내심 한숨을 쉬는 것으로 추스르며 짐짓 건성으로 말을 받는다.

"음… 그렇군요! 그럼, 이걸 어떻게 한다?"

하정태가 설핏 표정을 굳힌다.

"대표님을 만나지 못한다면, 저도 더 이상 일을 하는 게 곤란합니다!"

그 말에 한상운 또한 곧장 정색을 한다.

"지금 그 말, 계약을 깨겠다는 겁니까?"

하정태는 설핏 당황하는 듯했다. 한상운이 이렇게까지 즉각적으로 냉담한 반응을 보일 거라고는, 미처 예상하지 못한 모양새다.

한상운이 정색한 채 차분하게 말을 잇는다.

"상호 합의가 아닌, 어느 한쪽이 일방적으로 계약을 파기하면 계약 위반이 된다는 건 기억하고 있겠죠?"

"그건……."

"서로의 입장을 분명히 해둔다는 의미로, 다시 한 번 말씀드리죠. 하정태 씨와의 계약에서, 우리 쪽에서 강요한 건 없습니다. 어디까지나 하정태 씨 본인의 의지로 계약을 맺었고, 그럼으로써 계약을 위반하는 경우에는 어떤 대가라도 기꺼이 치르겠다는 조항에도 동의를 했습니다. 그렇지 않은가요?"

"으… 음!"

하정태의 얼굴이 딱딱하게 굳었다.

"그때 하정태 씨가 저한테 이렇게 물었었지요? 책임져 줄 수 있냐고? 제가 이렇게 대답했었습니다. 계약이 맺어지는 순간부터 하정태 씨는 우리 사람이라고! 그러자 하정태 씨는 이렇게 말했었죠. 만약 우리 쪽에서 먼저 계약을 깬다면, 반드시 그 대가를 치르게 만들어줄 거라고! 아닌가요?"

한상운은 더 이상 말을 하지 않고, 차가운 눈으로 하정태를 바라본다.

하정태는 표정을 굳힌 채 시선을 바닥으로 떨구고 있다. 그러더니 그는 이윽고 시선을 들어 한상운을 보았고, 다시 천천히 고개를 숙인다.

"죄송합니다! 계약을 깨겠다는 뜻은 절대 아닙니다! 다만 대표님을 꼭 만나야만 하기에……!"

하정태의 그런 모습에서 한상운은 어떤 간절함 같은 것을 읽을 수 있었다. 그러나 그 간절함이 어떤 종류의 것인지, 도대체 무슨 사정이 있는 것인지에 대해서는 여전히 짐작해 보기가 쉽지 않았다.

"허, 이것 참……!"

한상운이 서너 번이나 고개를 가로젓고 나서 다시 끄덕였다.

"도대체 무슨 일인지 모르겠지만… 일단 알겠습니다. 하정태 씨가 이렇게까지 간곡하니, 일단 대표님께 말씀은 드려보도록 하겠습니다!"

하정태의 고개가 다시 숙여진다.

"감사합니다! 실장님! 꼭 좀 부탁드립니다!"

음지 사업

"예! 회장님! 지금 세진 쪽을 집중적으로 파고 있는 중입니다. 예! 예, 그렇습니다. 면목 없습니다! 예! 최대한 서두르겠습니다! 죄송합니다, 회장님! 예! 예! 알겠습니다!"

겨우 전화를 끊은 태성그룹 프로젝트사업부장 윤호균 전무는 이마에 배인 진땀을 훔쳤다.

그룹 총수인 정태수 회장으로부터 강한 질책과 독촉을 받은 터였다.

와이키키가 결국 남의 손으로 넘어간 건 시작에 불과했다.

이후 윤호균 전무의 프로젝트사업부에서 관할하는 여타의 음지 사업들에 대해서도 동시다발적이고도 다양한 형태의 공세가 가해지고 있다.

그런 공격에 대해 그들 쪽에서는 적당히 공권력에 호소하기도 하고, 또 음지 사업이 가지는 속성으로 인해 공권력을 끌어들이기가 좀 껄끄럽다 싶은 경우에는 이전부터 해왔던 것처럼 방계의 조직을 투입하는 방법을 쓰기도 했다.

그런데 상황들이 영 이상하게 돌아가고 있다.

그들의 사업체가 영업 방해를 받는 상황에서 신고를 할 때 공권력은 미적지근하게 늦장을 부리거나 숫제 방관적인 태도를 보이기까지 했다.

그런데 그들 쪽에서 방계의 조직들을 동원하여 물리력을 행사라도 할라치면, 신고도 안 했는데 어떻게 알았는지 득달같이 달려오는 것이었다. 그러고는 확연히 표시가 나도록 불공정한 잣대를 들이대며 그들 쪽에만 강경한 처벌을 때려댔다.

다만 처벌로 끝이 아니었다. 처벌과는 별개로 다시 사정의 칼날을 들이대 아예 영업을 할 수 없도록 만들어 버리는 경우도 부지기수다.

그렇게 그들의 사업체는 하나씩 무너지고 있었다.

그런 점에서 윤호균 전무는, 어쩌면 공권력이 와이키키를 시작으로 해서 아예 그들의 음지 사업 전체를 죽이려는 노골적인 의도를 가지고 있는지도 모르겠다는 의심을 가져보았다.

윤호균 전무는 불안해진다.

음지 사업이 죽는다면, 바로 이어 태성그룹 전체가 위태롭게 될 것이다.

음지 사업이란, 그것들이 태생적으로 가지는 음성적 속성으로 인해 사업이 성공을 거두면 거둘수록, 그리하여 그 성과가 크면 클수록 더욱더 철저하게 그 존재 자체를 은폐시켜야만 하는, 말 그대로 음지에서 불법과 합법의 경계를 위태롭게 넘나들며 영위하는 지극히 위험한 사업이다.

그럼에도 그들 음지 사업들로부터 얻어지는 현금성 수익은 너무도 막대하다.

그에 그 사업의 세계에 한번 발을 들인 이상에는 결코 중도에 포기할 수는 없었다. 그리고 그렇게 얻어진 현금성 수익이야말로 지금까지 태성그룹을 실질적으로 성장시켜 온 원동력이다.

지금도 그룹을 지탱해 나가고 있는 근간이라고 해도 조금도 지나치지 않다.

더욱이 그룹이 표면적으로 내세우고 있는 대표적 계열 기업의 대다수가 그들 음지 사업들과 은밀한 연결 고리로 묶여 있는 실정이다.

그 연결 고리는 결코 단번에 끊어낼 수 없을 만큼 치밀하고도 끈끈하다.

음지 사업이 무너진다는 것은, 곧 그룹 전체의 존립을 일시에 흔들리게 만드는 치명적인 사태로 급진전될 수 있음을 의미한다.

'적의 정체부터 밝혀야만 한다. 과연 누가, 왜 우리를 정 조 준하여 이런 무차별적인 공격을 가하고 있는 것인지 밝혀내는 게 급선무다. 일단 적이 누구인지만 밝혀진다면, 상황을 반전 시킬 전기는 어떻게든 마련할 수 있을 것이다. 그리고 어떻게 든 수습을 하고, 반격을 가하는 것이다. 충분히 가능하다. 비 록 지금 일시적으로 난관을 겪고 있기는 해도, 우리 그룹의 저력은 여전히 막강하다.'

윤호균 전무는 일단 그렇게 상황을 정리했다. 그리고 힘주 어 각오를 다진다.

'적이 누구더라도 반드시 돌려준다. 받은 만큼, 아니, 그 열 배 백 배로 잔혹한 응징을 해줄 것이다!'

당장의 적

최우선적으로 세진그룹을 용의선상에 올려놓은 것은, 윤호 균 전무로서는 지극히 당연했다.

그의 프로젝트사업부를 상대로, 아니, 감히 태성을 상대로 이처럼 노골적인 공격을 감행할 대담성과 또한 능력까지를 지 닌 곳이 세진 말고는 아무리 머리를 짜내 봐도 떠오르지 않았 다.

그는 가용한 모든 수단을 다 동원해서 세진그룹 쪽의 최근 행적들을 치밀하게 추적했고, 그 결과 상당한 혐의를 둘 만한 정황들을 확보할 수 있었다.

부드득!

중간보고를 받은 정태수 회장은 부드득 이를 갈아붙였다. 사실은 그 역시도 세진 쪽의 소행이라는데, 내심의 방점을 찍어두고 있었던 것이다.

"그래, 결국 그렇다는 거지? 세진이었다는 거지? 개구리 올챙이 시절 모른다고, 나인태 이 덜떨어진 새끼가 감히 내 등에다 칼을 꽂아? 야, 윤 전무!"

"예, 회장님!"

"당장 나인태한테 전화 넣어서 내가 보잔다고 해! 내 이 새끼 면상을 직접 보면서 담판을 지어야겠어!"

윤호균 전무가 조심스럽게 만류했다.

"회장님! 확정적인 증거들을 보강하기 위해서 조사를 계속하고 있으니까, 조금만 더 기다려 주십시오! 그리고 세진 쪽이 확실하다고 해도 신중하게 접근하셔야 합니다. 우선 우리 쪽의 대응책을 완벽하게 마련하고 난 다음에……."

"신중? 지금 우리 사업들이 줄줄이 박살이 나고 있는데, 신중은 무슨 얼어 죽을 놈의 신중이야? 뭐, 대응책을 완벽하게 마련해? 이봐, 윤호균이!"

"예! 회장님!"

"우리가 이 바닥 밥 일이십 년 먹어봐?"

"······."

"대응책은 등 따시고 배부를 때 찾는 거고, 지금 같은 시국에서는 선빵부터 날리고 봐야 하는 거 아냐? 그게 우리 방식이었잖아?"

"예, 회장님!"

윤호균 전무가 일단 머리를 주억거린다.

정태수 회장은 그제야 흥분을 추스르는 모양새다.

"심상치 않다는 건 나도 충분히 알고 있어! 놈들한테 우리가 모르는 뭔가가 있다는 건 나도 벌써부터 감을 잡고 있다고! 그렇지만 가오가 있는 거잖아? 지레 움츠릴 수는 없는 거아냐? 이 바닥에서 한번 꿀리면 다시 뒤집기 어렵다는 거 누구보다 잘 알잖아? 저놈들 뒤에 또 얼마나 대단한 게 웅크리고 있는지는 모르겠지만, 일단 깡으로 한번 부딪쳐 보자고! 여기서 더 밀리기 전에, 우릴 죽이려는 놈들한테 우리가 먼저 죽여 버리겠다는 각오로 한번 밀고 나가보자고! 우리가 깨지는 한이 있더라도 그래 보자고! 제기랄··· 그래, 사람 일이란 게 모르는 거니까, 우리가 깨질 수도 있겠지······?"

정태수 회장의 얼굴이 문득 무거워진다. 그러나 그는 이내 버럭 목소리를 높인다.

"뭐 해? 나인태한테 전화 넣으라니까? 지금 당장!"

전격적으로 태성과 세진, 양 그룹 총수들 간의 비공식 독대 자리가 마련되었다.

사실 세진의 나인태 회장 입장에서야 조금도 반가울 리가 없을 일이니 피하고 싶었을 것이다.

그러나 일전불사! 당장에 전쟁이라도 서슴지 않겠다는 태성 정태수 회장의 강력하고도 단호한 기세에 일단 소나기는 피하고 보자는 심정으로 응할 수밖에 없었을 것이다.

나인태 회장은 태성 쪽에서 제시한, 태성의 음지 사업들이 전 방위적으로 공격받고 있는 작금의 사태에 세진 쪽이 일부 연관되어 있다는 정황들에 대해 의외이게도 순순히 인정했다. 지극히 유감스럽다는 뜻도 표했다.

그러나 그 일부의 연관이 결코 자신들의 본의에 의한 것은 아니었다고 적극 해명했다.

그리고 나인태 회장은, 태성의 사업체들에 대한 적대적인 행위들은 전적으로 PAR투자운용에 의해 이루어졌다고 슬며시 부각시켰다.

세진은 다만, 마침 자금 운용의 어려움을 겪고 있던 중에 PAR투자운용 측에서 상당히 큰 규모의 투자를 할 용의를 제시했기에, 협력 관계를 맺은 것일 뿐이라고 했다.

그리고 PAR투자운용의 진의를 제대로 알지 못하는 상태에서 의도치 않게 태성 측에 대한 적대 행위의 일부 과정에 개입이 되었는데, 나중에야 그 사실을 파악하고 즉시 PAR투자운용과의 협력 관계에 대해 중단을 통보했으며, 현재 필요한 절차들을 진행하고 있는 단계라고 해명했다.

사실 나인태 회장의 해명은 다분히 구차스러운 데가 있었다. 시점별로 정리해 보자면, PAR투자운용의 태성에 대한 도발은 이미 유니타운즈 호텔의 경매 입찰 때부터 시작된 것이었다.

그런데 세진이 PAR투자운용과 협력 관계를 맺은 것은 그 이후인 것이다. 즉, 세진 측은 PAR투자운용이 태성 측에서 작업을 하고 있던 유니타운즈 호텔을 가로채 간 것을 알면서도 그들과 협력 관계를 맺었다는 얘기다.

그리고 이후 영업을 재개한 WWT의 실질적인 운영 주체 또한 세진이니, 세진이 PAR투자운용의 진의를 제대로 알지 못하는 상태에서 의도치 않게도 일부의 적대 행위에 개입되었다는 해명은 참으로 뻔뻔하기 짝이 없는 것이었다.

그러나 정태수 회장은 나인태 회장의 구린 속내에 대해 굳이 따지지는 않았다. 저쪽에서 일단 잘못된 부분을 인정하고 나온 이상, 계속 상대를 몰아세우는 것은 실익이 없었다.

당장의 적은 PAR투자운용이었다. 어쨌든 뒤로 빠져 있으려는 세진을 굳이 적으로 돌려세울 필요는 조금도 없는 것이다. 일단 지금의 위기 상황에서 살아남는 것이 급선무였다.

중간 타깃

윤호균 전무는 PAR투자운용에 대해 집중적으로 파고 있었다.

그러나 아직까지 이렇다 할 알맹이를 건지지 못하고 있었다. 오히려 파면 팔수록 그 실체가 애매해진다고 할까?

PAR투자운용은 추정 가능한 운용 자금의 규모만으로도 상당한 덩치임에 분명했다. 그럼에도 막상 뚜렷한 기반이나 조직을 구성하고 있는 것 같지는 않았다. 밖으로 드러나 있는 것은 사무실 한 칸에, '한 실장'이라는 인물 하나가 다였다.

그런데 그 '한 실장'마저도 도무지 빈틈을 보여주지 않았다. 그는 마치 누군가의 감시와 추적이 있을 것에 대해 늘 대비하고 있기라도 한 것처럼 보였다.

사무실에 출퇴근하는 시간과 경로를 매번 다르게 함으로써, 그의 행적을 추적하는 것 자체를 어렵게 만들었다. 기껏 미행을 붙인 경우에도 예기치 못한 돌발 행동을 수시로 보이며 불쑥불쑥 사라지는 바람에 중도에 놓쳐 버리기 일쑤였다.

한 실장을 아예 납치해 버리는 방법도 당연히 검토가 됐었다. 그러나 그것을 실행하기엔 고려해야 할 리스크가 너무 컸다.

무엇보다도 PAR투자운용 측에서 미리 대비하고 있는 느낌이 드는 점이 영 찜찜했다. 섣불리 한 실장을 납치했다가 오히려 대대적인 역공의 빌미를 줄 수도 있는 것이다.

PAR투자운용의 실체와 그들이 지닌 역량에 대해 제대로 파악조차하지 못하고 있는 상황에서 저들이 전면적인 대공세를 펼쳐오기라도 한다면 자칫 치명적인 결과를 맞이할 수도 있는 것이다.

기왕 모험을 할 것이라면, 저들의 허를 찌르는 전격적인 한 수가 필요했다. 납치를 하더라도 저들이 미리 대비하고 있는 것으로 보이는 '한 실장'은 아니어야 했고, 그보다는 훨씬 상위의 인물일수록 좋을 것이다.

'PRA투자운용의 대표 강이권!'

그 인물이야말로 현재까지 드러난 선에서는 최상위의 인물이었다.

대표이면서도 종적조차 드러내지 않고 있는 것은, 그가 그만큼 중요하고도 핵심적인 위치라는 의미일 터다.

그를 납치한다면 일도양단! 단번에 상황을 반전시킬 수 있을지도 모른다. 혹은 만약의 경우, 인질로 삼아서 마지막 협상의 여지를 확보할 수도 있을 것이다.

그러나 강이권이 어디에 있는지조차 모르고 있는 판에, 그를 납치한다는 것은 한심한 탁상공론일 뿐이다.

타깃이 필요했다. 강이권에 관한 정보를 어느 정도쯤은 가지고 있으면서도, 적당히 건드려도 저들의 이목에 당장에는 포착되지 않는, 그리하여 저들이 미리 대비하기 전에 강이권의 행적을 추적하여 납치할 시간적 여유를 확보할 수 있는 그런 중간 타깃이 필요했다.

윤호균 전무 측의 감시레이더에 한 사람이 포착되었다.

그자는 며칠 새 잇달아 한 실장과 접촉을 하고 있었다.

조심스럽게 뒤를 밟아보니, 스무 명 정도의 패거리를 데리고 PAR투자운용의 전위대 내지는 행동대 노릇을 하는 자였다. 그리고 지난번 와이키키의 내부 기밀문서들이 유출되었을 때, 현장에서 소란을 일으킨 주역이기도 했다.

조금 더 주변을 캐보았더니, 그자에게는 사뭇 독특한 이력이 있었다. 얼마 전까지만 해도 신갈파에서 보스 서건호의 직속으로 있었던 것이다. 서건호가 전모가 밝혀지지 않은 린치를 당해 일선에서 물러나면서 그자도 신갈파를 떠났다고 했다. 그리고 그자는 지금, 전혀 엉뚱한 곳에 몸을 담고 있었다.

윤호균 전무는 주저 없이 그자를 찍었다. 중간 타깃으로!

그자는 바로 하정태였다.

친짜 소원입니다!

하정태의 휴대폰으로 전화 한 통이 걸려왔다. 모르는 번호라 무시할까 했지만, 마침 진동을 풀어놓았기에 시끄러워서라도 받을 수밖에 없었다.

"여보세요?"

―하정태 씨?

"누구시죠?"

―강이권입니다!

"아……!"

하정태는 순간 멍해지고 말았다. 그리고 기껏,

"대표님……!"

하는 소리를 낼 뿐이었다. 그날 와이키키에서는 미처 알아보지 못했다. 결코 잊을 수 없는 얼굴이었음에도!

그때의 상황이 너무도 긴박했었기 때문이리라.

또한 설마하니 그가 바로 PAR투자운용의 대표일 줄은 정말 꿈에도 상상해 보지 못했던 까닭이리라.

그가, 자신을 고용한 고용주가 바로 그때의 그자라는 사실을 알게 된 것은, 나중에 한 실장과 함께 나타난 한 여자를 보고서였다. 그 여자였다. 예전 그때 그자와 함께 있던 늘씬한 몸매의 미녀!

차가운 무표정에, 다만 발끝으로 툭툭 가볍게 차는 행위만으로, 그로 하여금 태어나서 처음으로 겪어보는 지독한 고통을 안겨주던 여자! 그리하여 그에게 지독한 증오를 안겨준 여자! 바로 그 여자였다.

―한 실장에게 얘기 들었습니다. 절 꼭 만나야겠다고 하셨다면서요? 무슨 일인지 전화로 먼저 들어볼 수 있을까요?

이어진 강이권의 목소리에 하정태는 잔뜩 긴장한 자신을 애써 추슬렀다.

물어보아야만 한다. 너무나 궁금했던, 아니, 사실은 벌써 한 치의 의구심도 없이 확신하고 있는 바였지만, 그에게 직접 확인을 해보아야만 한다.

"저… 대표님께 확인해 보고 싶은 게 한 가지 있습니다!"

―그래요? 뭔지 말씀해 보시죠?

"몇 달 전… 시내 어느 모텔에서 저랑 만난 적 있으시죠?"

―…….

"신갈파 서건호와……!"

하정태가 말끝을 늘인다.

휴대폰 저편의 강이권은 다시 잠시간의 침묵을 두고 나서야 담담한 목소리를 전해온다.

─그렇습니다. 그때 그곳에서 하정태 씨와 만났었지요!

순간 하정태는 자신도 모르게,

"아!"

하고 탄성을 뱉고 말았다. 머리 한구석에 내내 묵직하게 박혀 있던 뭔가가 일시에 뻥 뚫리는 느낌이다.

그리고 그는 다시금 멍해진다. 아니, 일단의 기억들이, 그때 그가 악다문 잇새로 씹어뱉듯이 토해냈던 한마디 한마디가 문득 생생해졌다.

"죽여, 새끼야! 지금 나 안 죽이면, 다음에는 니가 내 손에 죽는다, 개새끼야!"

하정태의 마음속으로부터 무언가 맹렬히 차오르기 시작한다.

흥분이다. 아니, 지독하게 뜨거운 갈구다!

맞짱!

그것이야말로 그가 이 더럽고 따분한 세상을 그나마 버티며 살아갈 수 있게 해주는 몇 안 되는 이유 중의 하나다.

어떤 의미도 찾기 어려운 그의 인생에서 순간순간 불꽃처럼 강렬한 계기와 의미를 선사해 주는 생명소이기도 하다.

그러나 규칙을 정해놓고, 심판을 두고 싸우는 권투나 이종격투기 따위는 결코 아니다.

촌스럽고 볼품없는 막 싸움이라고 해도 좋고, 진흙탕 싸움이라고 해도 좋다.

어떤 형식도 없이, 제약도 없이, 가지고 있는 모든 것을 다 짜내는, 심지어 목숨까지 바쳐도 좋은, 그럼으로써 싸움이 끝났을 때 이기고 진 것과 상관없이 진정 후련해서 더 이상은 어떤 소원도 없을 그런 싸움이다.

그러나 언제나 미치도록 갈구하고 있지만, 그는 아직껏 그런 싸움을 해본 적이 없다.

그런 싸움은 그 혼자서 하는 것이 아니다. 그로 하여금 그 한 판의 싸움에 모든 것을 다 쏟아부을 수 있도록 만들어줄 수 있는 상대가 있어야만 한다.

그는 아직 그런 상대를 만나지 못했다.

지금 그가 느끼고 있는 이 맹렬한 흥분과 갈구는 바로 드디어 그런 상대를 만난 것일 수도 있다는 데 대한 기대이고 열망이다.

"본디 말재주가 없는 놈이라, 본론만 간단히 말하겠습니다. 대표님과 한 번만······."

하정태는 말을 멈췄다. 목소리가 덜덜 떨려 나와 잇기가 힘들어서다.

그러나 상관없다. 폼을 잡거나 상대의 기를 눌러야 한다는 생각 따윈 조금도 없다. 그냥 그가 지금 어떤 꾸밈도 없다는 것을 보여줄 수만 있으면 된다.

하정태는 못다 한 말을 단숨에 토해낸다.

"딱 한 번만 대표님과 다이다이로 붙고 싶습니다!"

강이권은 잠시 아무런 반응이 없었다. 당황한 것이리라.

"진짜… 소원… 입니다!"

목소리가 다시 떨려 나왔기에, 하정태가 겨우 덧붙이고는 거칠어진 숨을 가다듬는다.

그제야 강이권이 천천히 입을 연다.

"그 소원 안 들어주면, 더 이상 같이 일 안 하겠다고 할 것 같군요?"

강이권의 그 말은 하정태에게, 지난번 한 실장에게 호된 꾸지람을 당했던 기억을 퍼뜩 되살렸다. 하정태가 급하게 대답한다.

"아닙니다! 계약은 무조건, 무슨 일이 있어도 끝까지 지키겠습니다!"

"하하하!"

강이권이 나직하게 웃었다. 그리고 사뭇 경쾌한 목소리로 말을 잇는다.

"좋습니다. 까짓것! 뭐, 별로 어려운 일도 아닌데, 그럽시다! 하정태 씨 소원 한번 들어드리는 걸로 하겠습니다!"

"정말… 이십니까?"

하정태가 두 눈을 부릅뜨며 확인했다.

"물론입니다. 그런데… 설마 지금 당장 하자는 건 아니겠죠? 하하하! 하정태 씨 편하신 대로 날을 잡고, 미리 연락을 주십시오! 최대한 시간을 만들도록 해보겠습니다."

"감사합니다! 대표님!"

하정태가 휴대폰에다 대고 고개까지 숙이며 외쳤다. 그러고도 한 번을 더 외친다.

"정말 감사합니다!"

그의 진심이었다.

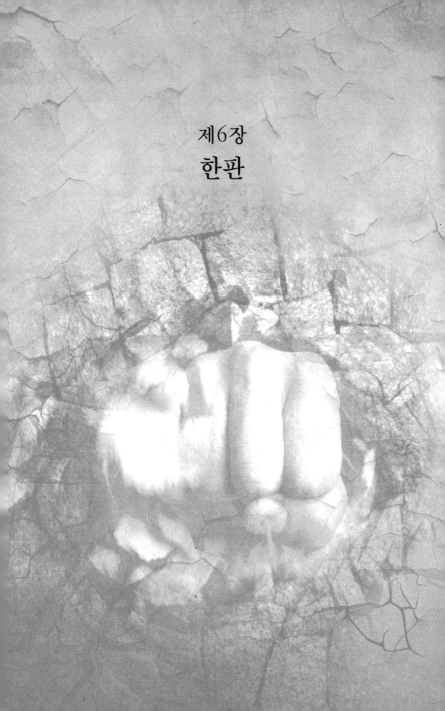

제6장
한판

참말로 미안하다!

'언제쯤 하자고 할까? 당장 오늘 밤에 하자고 해볼까? 그럼 장소는? 동네 체육관이라도 빌릴까? 아니지! 그건 영 어울리지 않겠지? 차라리 학교 운동장이 낫지 않을까? 한밤중에 아무도 없는 텅 빈 운동장 한복판에서 둘이 맞짱을 뜨는 거지! 으~ 흐흐흐!'

숙소로 돌아가는 길, 하정태는 잔뜩 들떠 있었다. 상상만으로도 온몸의 혈관이 잔뜩 팽창해 오른다. 미세한 근육 하나하나에까지 치열한 긴장이 스멀스멀 스며드는 것만 같다.

삐, 삐, 삐… 삑!

하정태는 오피스텔의 비밀번호를 누르고 안으로 들어섰다. 반겨주는 사람은 없었고, 방 두 개의 문은 모두 닫혀 있다.

"이 자식들, 벌써 자빠져 자고들 있나?"

하정태는 괜스레 투덜댔다. 그러나 그는 설핏 뭔가 좋지 않은 느낌을 받았다. 감이랄까? 뭔가 우중충하고 괜스레 기분이 나빠지려고 하는 그런 조짐!

그는 그런 것에 민감한 편이다. 다음 순간 그는 뒷걸음질 쳐 다시 현관 쪽으로 향한다.

바로 그때였다.

쾅!

현관 오른쪽에 붙어 있는 화장실 문이 거칠게 열리며 사내 둘이 튀어나온다. 그리고 곧장 하정태를 덮친다.

하정태는 당황한 와중에도 재빨리 옆으로 비켜서며 사내들과의 거리를 확보한다.

그러나 그때 다시 거실 왼편의 방문이 거칠게 열리며, 또 다른 네 명의 사내가 그의 후방을 덮쳐온다.

'네 명보다는 두 명!'

하정태는 순간의 판단으로 빙글 방향을 튼다. 이어 그의 몸은 그대로 공중으로 도약하며 앞차기로 한 놈의 턱을 올려 찼다.

"큭!"

짧은 비명을 내지르며 한 놈이 나가떨어졌다.

그 틈에 하정태가 곧장 뛰어가 현관문의 손잡이를 잡는다. 그런데 그때 누군가 우악스럽게 그의 어깨를 낚아챈다. 손아귀 힘이 엄청나다. 그의 몸이 간단히 허공에 들리며, 그대로 휙 뒤로 내팽개쳐졌다.

쿵!

맨 바닥에 엉덩방아를 찧는 충격이 척추를 따라 찌르르 울리는 와중에, 하정태가 스프링처럼 몸을 튕겨 일어났다.

그러나 어느 틈에 따라왔는지 우람한 덩치의 사내 하나가 그의 상체를 눌러 다시 쓰러뜨린다. 그러고는 다시 팔꿈치로 그의 목을 짓누른다.

숨이 막히는데 또 다른 두 명이 그의 양다리를 타고 앉으며 누른다. 이윽고 그는 꼼짝도 하지 못하는 처지가 되고 만다.

놈들은 치밀했다. 완전히 제압된 하정태의 몸을 면 테이프로 감아 결박했다. 발목과 무릎, 손목과 팔꿈치까지 빈틈없이!

이어 놈들은 하정태의 주머니를 뒤져 휴대폰을 비롯한 소지품들을 챙겼다.

"니들 뭐 하는 새끼들이야?"

목을 누르던 힘이 풀리는 대로 하정태가 독기를 담아 외쳤다.

그러나 곧장 우악스러운 손바닥 하나가 그의 뺨을 후려갈긴다.

짝~!

골이 횅할 정도의 충격이다. 대번에 입안이 터졌는지, 짭짜름하면서도 비릿한 맛이 입안을 가득 채웠다.

"새끼! 아가리 닥치고 얌전히 있어!"

나직한 목소리가 으르렁댔다. 이어 놈은,

"퉤!"

하고 그의 가슴팍에다 침을 뱉었다.

놈의 침에 붉은색이 섞여 있다. 아마도 그에게 턱을 차인 놈이리라.

놈의 눈이 하정태를 내려다보며 차갑게 웃고 있다. 보복이라도 한 듯싶은 모양이다.

하정태는 피식 웃어준다. 그리고 한결 느긋한 투로 다시 입을 연다.

"어이, 씨발 놈들아! 무슨 이유로 이러는지 얘기는 해줘야

할 것 아냐?"

"이 새끼가 그래도 아가릴 함부로 놀려?"

놈의 손이 다시 올라간다.

그때였다.

"됐다! 그쯤 해둬라!"

거실 왼편의 방 안에서 한 사람이 걸어 나오고 있다. 걸치고 있는 정장이 제법 고급스러워 보이는 50대쯤의 중년 사내다.

"하정태!"

중년 사내의 부름에 하정태가 힐끗 눈으로만 올려다보며 묻는다.

"누구요?"

중년 사내가 희미하게 웃으며 대답한다.

"나, 태성그룹의 윤호균 전무다! 누군지 알 만도 할 것 같은데? 그렇지?"

하정태는 흠칫 긴장했다. 그는 중년 사내를 처음 보지만, 태성그룹 윤호균 전무가 누군지는 안다.

태성그룹의 윤호균 전무가 지금 이 자리에 나타난 건, 하정태로서는 전혀 상상도 해보지 못했던 뜻밖의 일이다.

더욱이 윤호균 전무가 이처럼 쉽사리 자신의 신분을 밝힌 것은, 지금의 이 상황이 그만큼 위험하다는 걸 의미하는 것이리라.

그러나 하정태는 짐짓 덤덤한 투로 말을 꺼낸다.

"태성그룹의 전무씩이나 되시는 분이 이런 곳까지 웬일이십니까? 나같이 별 볼 일 없는 놈하고 엮일 일은 더욱이 없을 것 같은데……?"

윤호균 전무가 빙그레한 웃음을 짙게 만든다.

"너, 서건호 밑에 있었다고? 서건호에게는 내가 꽤 자주 일을 맡기곤 했는데……?"

하정태가 피식 웃으며 받는다.

"서건호 형님 밑에 잠시 있었던 건 사실입니다. 하지만 그건 그 형님하고 나의 개인적인 친분일 뿐이라서, 그쪽에서 하는 일에 대해서는 잘 모릅니다. 그런데 그게 지금 이 상황하고 무슨 상관이라는 겁니까?"

"이 친구 이거, 어째 말이 좀 삐딱하네?"

그 말에는 하정태가 다시 피식 실소하고는 툴툴거린다.

"나가 본래 좀 삐딱하게 생겨 먹은 놈입니다. 그러니까 시시껄렁한 얘기는 대충 생략하고, 바로 본론으로 들어갑시다! 나한테 이러는 이유가 뭡니까?"

윤호균 전무가 잠시 하정태를 내려다보고 있다가 문득 차갑게 말한다.

"너! PAR투자운용 대표 강이권과 만나기로 했지?"

순간 하정태의 눈빛이 설핏 흔들린다, 그러나 그는 이내 혼잣말처럼 툴툴거린다.

"니미… 이건 또 무슨 개풀 뜯어 먹는 소리야?"

그리고 하정태가 다시 말을 잇는다.

"내가 PAR투자운용에서 일을 조금 받아서 하고 있는 건 맞습니다. 그렇지만 우리야 뭐, 그저 까라는 대로 까고 용돈이나 챙기는 거 아니겠습니까? 근데 그쪽 대표씩이나 되는 사람이 나 같은 놈한테 개뿔이나 무슨 볼일이 있다고 만나고 말고 하겠습니까? 무슨 일인지 모르겠지만, 아마도 번지수를 좀 잘못 짚은 것 같습니다만?"

"번지수를 잘못 짚었다?"

윤호균 전무가 차갑게 반문했다. 그러고는 곁에 서 있는 덩치에게 고갯짓을 한다.

딸깍!

덩치가 손에 들고 있던 작은 기기의 스위치를 눌렀다. 아마도 녹음기인 듯 곧장 녹음된 내용이 흘러나온다.

―본디 말재주가 없는 놈이라, 본론만 간단히 말하겠습니다. 대표님과 한 번만…….

순간 하정태는 얼굴을 창백하게 굳히고 만다. 언뜻 어색하게 들리긴 했지만, 분명 그 자신의 목소리다. 가늘게 떨리는 그 느낌까지도!

목소리가 계속 재생되고 있다.

—딱 한 번만 대표님과 다이다이로 붙고 싶습니다! 진짜…
소원… 입니다!

—그 소원 안 들어주면, 더 이상 같이 일 안 하겠다고 할
것 같군요?

—아닙니다! 계약은 무조건, 무슨 일이 있어도 끝까지 지키
겠습니다!

—하하하! 좋습니다. 까짓것! 뭐, 별로 어려운 일도 아닌데,
그럽시다! 하정태 씨 소원 한번 들어드리는 걸로 하겠습니다!

—정말… 이십니까?

—물론입니다. 그런데… 설마 지금 당장 하자는 건 아니겠
죠? 하하하! 하정태 씨 편하신 대로 날을 잡고, 미리 연락을
주십시오! 최대한 시간을 만들도록 해보겠습니다.

—감사합니다! 대표님! 정말 감사합니다!

딸각!

버튼 소리와 함께 녹음기가 멈췄다.

툭!

윤호균 전무가 발끝으로 하정태를 건드린다.

"어이, 하정태! 복잡할 것 전혀 없어! 아주 간단해!"

그리고 윤호균 전무는 몸을 약간 낮추며 말을 이었다.

"내가 볼일이 있는 건 강이권이야! 그러니까 넌 그냥 협조만 하면 돼! 그럼 너한텐 아무 일도 생기지 않아! 아닌 말로, 너희야 어쨌거나 돈만 챙기면 되는 것 아냐? 만약 니가 그쪽에서 받기로 한 돈에 차질이 생긴다든지, 혹은 달리 너한테 조금이라도 손해나는 부분이 생긴다면 내가 책임지고 충분히 보상을 해줄 수도 있어! 나에 대해 얘기를 들어봤다면 알겠지만, 난 한번 약속한 건 반드시 지키는 사람이야! 자! 그러니까 우리 서로 힘 빼지 말고 쉽게 가자고!"

하정태는 애써 당황을 추스르며 재빠르게 상황을 정리해 본다.

이자들이 그가 휴대폰으로 통화한 내용을 녹음했다는 건데, 요즘 아무리 별의별 첨단의 방법들이 많다고는 하지만, 아무리 그래도 그렇지, 도대체 어떻게 된 노릇인지 알 수가 없다.

자책이 밀려온다.

어쨌거나 저들이 그의 휴대폰 통화 내용을 녹음하고, 또 이곳까지 쳐들어왔다는 건 이미 진작부터 그의 주위를 감시하고 있었다는 것인데, 그는 조금도 눈치를 채지 못한 채로 오히려 한 실장에게 강이권 대표를 만나게 해달라고 떼나 써댔으니……!

불쑥 불안감이 파고든다.

'나로 인해 강 대표가 위험해질 수도 있다……?'

하정태는 세차게 고개를 가로저었다.

그건 절대로 있어서는 안 되는 일이었다.

"강이권에게 전화해! 그리고 여기에 적힌 시간과 장소에서 만나자고 약속을 잡아! 네가 할 일은 그게 전부야!"

메모지 한 장을 눈앞에 대주며 윤호균 전무가 명령했다.

하정태가 급하게 염두를 굴린 후에 고개를 끄덕인다.

"알겠습니다. 그렇게 하죠!"

"음! 좋아! 그래야지!"

윤호균 전무가 흡족해했다.

"그 전에 그쪽에서도 성의를 좀 보여주십시오!"

하정태가 슬쩍 덧붙였다.

"성의?"

"협조하면 아무 일도 안 생기게 해준다고 하지 않았습니까?"

"그래서?"

"내가 강이권 대표에게 전화 한 통화 하는 것이야 어려울 것도 없으니, 그 전에 우리 애들은 어떻게 되었는지 확인시켜 주십시오!"

"그거야 뭐, 어려울 것 없지!"

윤호균 전무가 선선히 고개를 끄덕이고는 거실 안쪽을 향해 외쳤다.

"어이, 걔들 좀 데리고 나와라!"

그러자 거실 오른편의 방문이 열리며 일고여덟 명의 사내가 밖으로 나온다.

그들 중 두 손을 뒤로 돌려 결박당한 채 끌려나오는 넷을 본 하정태는 무겁게 한숨을 내쉰다. 동생들이다. 그래도 마지막 한 가닥의 희망을 걸고 있었던 것인데, 기껏 반바지이거나 팬티 바람에 거의 벌거벗다시피 한 꼬락서니들로 끌려 나오는 동생들의 꼴을 보자, 하정태는 이윽고 참담해졌다.

"이런, 씨발! 우리 애들에게 무슨 짓을 한 거야?"

하정태가 나직이 으르렁거렸다.

윤호균 전무가 설핏 이마를 찡그린다. 그러나 그는 짐짓 참는다는 듯 다시 이마의 주름을 편다.

"조태식! 이정구! 김영규! 강선칠! 모두 하정태 너하고는 학교 선후배 사이에다, 동네 동생, 거기에다 외사촌까지……. 하여간 고향 동네 애들을 죄다 끌어모았더군?"

윤호균 전무의 그 말에는 약간의 조롱기가 담겨 있었다.

그러나 하정태는 의문부터 가져본다.

'어떻게 알았을까?'

동생들, 조태식 등에 대해서는 그가 너무도 잘 알고 있는 바다.

녀석들이 비록 놈들의 기습에 속절없이 당했다고는 해도, 묻는 대로 아무 얘기나 고분고분 고해 바쳤을 리는 없었다. 터지고, 멍들고, 부은 녀석들의 얼굴이 또한 그걸 말해주고 있다.

하정태는 애써 스스로를 진정시켰다.

"애들은 풀어주십시오! 꼴랑 전화 한 통 거는 일에 애들까지 잡아둘 필요는 없는 거 아닙니까? 물론 우리 애들은 조용히, 아주 죽은 듯이 있을 겁니다. 내가 풀려날 때까지는 말입니다."

윤호균 전무가 가만히 하정태와 시선을 맞췄다. 그러곤 차갑게 웃으며 불쑥 뱉는다.

"이봐, 하정태! 너, 이제 보니 덜 떨어진 새끼로구나? 그렇게 상황 파악이 안 되냐?"

하정태의 눈빛이 대번에 이글거리며 타오른다.

"이런! 뭔 소리야?"

"야! 아무래도 니가 설명을 좀 해줘야겠다!"

윤호균 전무가 누군가에게로 시선을 옮기며 말했다. 그러나 그쪽에서 머뭇거리는 기색이 보이자, 그는 다시금 버럭 소리를 지른다.

"어이, 조태식이 너 말이야, 새끼야! 니가 하정태에게 알아듣도록 설명을 좀 해주란 말이야!"

순간 하정태가 두 눈을 부릅뜨며 조태식을 본다.

조태식의 몸이 부들부들 떨리고 있다.

"혀… 형님!"

단지 그것만으로도 하정태는 뭔가 와르르 무너지는 듯한 허탈과 자괴감에 빠져들고 말았다.

"죄송… 합니다, 형님!"

"넌 또 뭔 소리야, 새끼야? 니가 왜? 뭐가 죄송해?"

"제가 형님 폰에다 도청 프로그램을 깔았습니다!"

그제야 의문 하나가 풀린다. 저들이 어떻게 그의 휴대폰 통화 내용을 녹음할 수 있었는지! 그리고 하정태는 다시 깊은 무력감에 빠지고 만다.

"정말… 죄송합니다, 형님!"

조태식이 감히 하정태와 눈을 마주치지 못하며 기어들어 가는 소리로 말했다.

하정태가 잠시 넋을 놓고 있다가 힘겹게 묻는다.

"왜 그랬냐……? 뭣 때문에 그랬냐고?"

조태식이 이를 악물며 대답한다.

"영숙이가……!"

조태식이 차마 말을 맺지 못했다.

그러나 하정태는 그것만으로도 알 만했다. 영숙이는 조태식의 여동생이자, 유일한 혈육이다.

어릴 때 사고로 양친을 잃고 둘만 남게 된 후 친척집을 전전하면서 눈칫밥을 얻어먹으면서도 서로를 의지하며 살아온 오누이에게 서로는, 세상 무엇과도 바꿀 수 없는 존재였다.

저들이 여동생으로 조태식을 협박했다면, 그로서는 전혀 저항할 수 없었을 것이다.

"됐다! 그리고……."

하정태는 힘겹게 덧붙인다.

"참말로 미안하다!"

진심이었다. 놈들이 그를 감시하고, 조태식의 여동생을 납치하고, 기어코는 일이 이런 지경에 이르도록 전혀 눈치조차 채지 못했으니, 하정태는 정말 죽도록 미안할 따름이었다.

"형님……!"

조태식이 고개를 푹 숙였다. 그의 어깨가 무겁게 억눌린 채로 가늘게 들썩인다. 그러더니 이윽고는 굵은 눈물이 뚝뚝 떨어졌다.

"만약 내 일을 그르치면, 너 하나 죽는 걸로 끝나지 않아! 니 밑에 있는 애들은 물론이고, 그 사돈에 팔촌까지 깡그리 무사하지 못해! 미리 경고해 두는 거니까, 명심해라! 알겠나?"

"이런……!"

하정태가 욕설을 뱉다가 이를 악다물었다.

윤호균 전무의 경고는 빈말이 아닐 것이다. 능히 그럴 수 있는 인물이었다. 아니, 이 바닥 자체가 그런 일들이 간단하게 일어나도 크게 이상할 게 없는 그런 곳이다.

하정태는 이윽고 포기한다. 도저히 어떻게 해볼 방법이 없다. 그 혼자라면, 차라리 죽었으면 죽었지, 강이권 대표를 함정으로 끌어들이는 짓거리는 하지 못하겠다고 버텼을 것이다.

그러나 그로 인해 동생들과 또 조태식의 여동생까지 위험에 처하게 되는 건, 차마 견디지 못할 노릇이다.

동생들 하나하나와는 어릴 때부터 같은 동네에서 형 동생으로, 그리고 선후배로 함께 커왔다.

그의 부름 한 번에 아무것도 묻지 않고 나름 자리를 잡고 살던 고향의 기반들까지도 미련 없이 버리고 이 낯선 서울까지 달려와 준 애들이다. 오로지 그 하나만 믿고서!

"통화하겠소!"

하정태가 힘없이 가라앉은 목소리로 뱉었다.

윤호균 전무가 입가에 희미한 웃음기를 그려내며 아까의 메모지를 하정태의 눈앞에 다시 펼친다.

"좋아! 자연스럽게 얘기를 하라고! 그리고 여기 적힌 시간과 장소에서 만날 약속을 하는 거야!"

이어 윤호균 전무가 휴대폰을 하정태의 입 가까이에 대줬다. 그리고 통화 버튼을 누르기 전에 한 번 더 경고를 한다.

"잘해라! 만약 조금이라도 잔머리를 굴린다면, 그때는… 알지?"

하정태가 대답 대신 이를 갈아붙였다.

부드득!

이글거리는 하정태의 눈빛을 보며 윤호균 전무는 괜히 섬뜩한 느낌이 든다. 그러나 그런 느낌에 대한 반발 겸 그는 피식 실소하고 말았다.

그는 이 바닥 생활만 30년이 넘는다. 그간 별별 끔찍하고, 험악하고, 위급한 상황들을 숱하게 겪어 온 터다. 그런 그가 기껏 이름도 없는 애송이의, 그것도 그의 발아래에 무릎 꿇린 자의 눈빛 따위에 그런 느낌이 들다니! 어이없는 노릇이었다.

'이제 나도 늙었나?'

윤호균 전무는 문득 자조해 본다.

이거 한판 제대로 붙자는 것 같은데?

"이거 한판 제대로 붙자는 것 같은데?"

전화를 끊고 나서 철민은 하릴없이 쓴웃음을 머금는다.

하정태로부터의 전화였다. 오늘 밤 9시. 도심에서 한참 벗어난 시 외곽의 어느 폐 상가에서 만나자는 통보였다.

'하필이면 폐 상가라니……. 누구에게도 방해받고 싶지 않

다는 뜻으로 받아들여야 할까?'

한상운과 강혁수는 함께 따라나설 기세였다. 은근히 걱정이 되는 모양들이었다.

하긴 두 사람에게 하정태는 그리 신뢰도가 큰 인물은 아닐 것이다. 어쨌든 근본이 조폭이니 말이다.

그리고 비록 철민의 추천에 의해 회사의 전위대 역할로 합류했다고는 하나, 막상 추천한 이유나 근거에 대해서는 철민이 명확하게 밝힌 바가 없다는 점도, 그들이 하정태에 대해 크게 신뢰하지는 못하는 이유가 될 것이다.

더욱이, 역시나 무슨 사정인지는 모르겠지만, 어쨌든 한판 싸움이 벌어질 수도 있다고 하지 않는가?

철민이 겉보기와는 다르게 제법 배짱이 있고, 더욱이 완력에 있어서도 아주 맹탕이 아니라는 것은 그들도 이제 어느 정도는 알고 있을 것이다.

그렇더라도 링 위에서 글러브를 끼고 권투를 하는 정도면 또 몰라도, 조폭과 싸움을 하도록 둘 수는 없다고 생각하는 것이리라. 수틀리면 무슨 짓이라도 저지를 수 있는 게 조폭 아닌가.

그러나 철민은 짐짓 단호하게 고개를 가로젓는다. 자세한 얘기는 나중에 기회가 될 때 하겠지만, 어쨌든 하정태와 단둘이 풀어야 할 문제가 있다고 했다. 그리고 미후가 있으니, 아무것도 걱정할 필요 없다고도 했다.

한상운은 마뜩지 않았지만 결국 수긍을 한다는 기색이었다. 어쨌든 미후가 함께 간다는 점을 믿는 것이리라.

천천히 말해도 됩니다!

그 폐 상가는 인근의 아파트나 상가로부터 100여 미터나 떨어져, 주변에 아무것도 없는 도로변에 서 있었다.

도로변을 따라 듬성듬성 세워진 가로등 불빛이 어슴푸레하게나마 사방을 비추는 와중에, 희뿌연 도시의 어둠 속에서 그 건물은 마치 거대한 괴물처럼 음산한 잿빛의 형체를 드러내고 있다.

15층짜리 한 동뿐인 건물은 아마도 주상 복합 상가쯤으로 지어진 모양인데, 대충 보기에도 마무리 내외장 공사만 남았을 뿐, 완성 직전으로 보인다.

그러나 아마도 무슨 사정이 있어 공사가 중단되었고, 그런 채로 오랫동안 방치되고 있는 것 같았다.

건물의 외곽을 빙 둘러 엉성하게 처진 철제 펜스의 안팎으로 군데군데 쓰레기 더미가 쌓여 있는데, 그것들은 더욱이 을씨년스러운 분위기를 연출하고 있다.

[위험! 출입 금지!]

철제 펜스에 매달린 팻말 때문에라도 철민은 우선 주위를 한번 둘러보았다.

아무리 방치된 건물이라도 엄연히 누군가의 사유재산일 것인데, 더욱이 일부러 펜스를 치고 출입 금지 팻말을 달아놓은 다음에야 그 경계를 함부로 넘는 것에 대해서는 아무래도 일말의 거리낌이 든 까닭이다.

주변에는 아무도 없다. 하긴 밤늦은 시간에 굳이 이런 외진 곳을 일부러 찾아올 사람이 그 외에 또 있을 까닭은 없을 것이다.

펜스를 넘어 1층의 입구로 들어서다가 철민은 멈칫했다.

대략 스무 개쯤의 공간으로 구획되어진 1층 저 안쪽의, 아마도 지하 주차장으로 내려가는 계단쯤으로 보이는 어두운 곳으로 잠시 시선이 갔다.

그러나 그는 다시 걸음을 옮겨 2층으로 올라가는 계단으로 향했다.

"훗!"

철민은 문득 짧게 실소하고 만다.

'이런 외진 장소를 택하고도 다시 2층으로 올라오라고 한

건, 또 무슨 생각에서였을까?'

그런 생각을 해보면서였다.

휘뿌연 어둠 속에 깊숙이 침잠되어 있던 주변 공기가 그의 실소에 찌뿌드드, 깨어나고 있다.

1층과 달리 2층은 구획이 나눠지지 않은 채 그냥 넓은 공간에 중간중간 커다란 기둥들만 서 있었다. 그리고 창틀만 있고, 유리창은 없이 큼직큼직하게 뚫려 있는 벽의 트인 공간들로 가로등 불빛이 희미하게 들어오고 있었다.

그래도 공간의 내부는 전체적으로 어두웠다.

하정태는 보이지 않는다.

철민은 원래 하정태가 미리 와서 기다리고 있을 것을 기대했었다. 그러나 막상 건물에 들어서고 나서부터는, 자신의 기대대로 되지 않겠다는 쪽으로 생각을 바꿨다.

그때였다.

팟!

파팟!

공간의 네 귀퉁이에서 눈부시도록 밝은 빛들이 일시에 밝혀졌다. 그것들은 바닥에 세워진 입식 작업등이었다.

그것들의 커다란 전구는 2층의 넓은 공간을 전체적으로 밝히기에 충분한 조도를 가지고 있었다.

그때 다시, 1층으로 통하는 계단으로 일단의 무리가 등장했다. 스무 명쯤의 건장한 사내였다.

갑작스러운 상황이었으나, 철민이 막상 놀랍지는 않았다. 좀 전에 건물로 들어설 때, 그들의 존재를 이미 감지한 바 있었기 때문이다.

그렇더라도 혼란스럽기는 했다. 짧은 순간 몇 가지의 의심과 의혹들이 일어난다.

'함정인가?'

'하정태가……?'

'왜……?'

그러나 미리 예단하고 싶지는 않다. 하정태를 만나서 직접 확인해 보면 될 일이다. 그러기 전까지는 미리 그를 의심하고 싶지는 않았다.

사내들이 넓게 포위를 하며 다가들었다.

그러나 철민은 굳이 반응하지 않고 묵묵히 지켜보고만 있었다.

"PAR투자운용 강이권 대표신가?"

포위한 사내들 중 누군가 굵은 저음으로 물어왔다. 말끔한 정장 차림에 50대쯤으로 보이는 중년 사내였다.

노회함이랄까? 건장하고 거친 기세의 사내들 틈에서 중년 사내는 확연히 다른 느낌을 주는 데가 있다.

"그렇소만… 누구시오?"

철민이 반문했다. 그런데 그 반문이 지나치게 차분하게 들렸던지 중년 사내는 잠시간 철민을 바라보더니 문득,

"훗!"

하고 나직한 실소를 흘렸다. 그리고 다시 말을 잇는다.

"나? 오늘 밤 당신을 죽일 수도 있고, 혹은 살릴 수도 있는 사람!"

영문 모를 말이었다. 그러나 철민은 그 말에 관심이 없다는 듯 자신이 궁금한 사항에 대해서만 담담하게 묻는다.

"여기서 누구를 만나기로 했는데, 혹시 그 사람 지금 어디 있는지 아시오?"

중년 사내가 얼굴에 남아 있던 약간의 웃음기를 거두어들인다. 그리고 차갑게 대답한다.

"하정태? 그 친구는 우리가 데리고 있지!"

순간 철민은 안도되었다. 데리고 있다는 말은, 저들이 지금 하정태를 억압하고 있다는 의미일 것이다. 그럼으로써 최소한, 하정태가 그를 배신한 것은 아니라는 점은 확인이 되었다고 할 것이다.

"혹시 나한테 용무가 있는 것이오? 그렇다면 우선 하정태 씨부터 만나게 해주시오!"

중년 사내가 간단히 고개를 끄덕인다.

"오케이! 그거야 어려울 것 없지!"

1층으로 통하는 계단에서 누군가 끌려 나오고 있다. 양손을 등 뒤로 결박당한 그자는 입에 넓은 테이프가 붙여진 데다, 얼굴이 온통 피투성이인 채로 퉁퉁 부어올라 얼굴의 윤곽이 분명치 않았다.

그러나 철민은 곧바로 알아볼 수 있었다. 하정태였다. 형편없는 몰골로 짐짝처럼 끌려오면서도, 주변의 상황을 읽으려는 듯 눈빛만큼은 여전히 살아 있는 듯했다.

그런 하정태의 모습에서 철민은 문득 누군가를 떠올렸다. 박성철! 짱이다. 하정태와 짱은 아무런 관계가 아니다.

더욱이 그와 하정태의 관계가, 짱과의 관계에 비할 만큼 각별하거나 특별하다고 할 것 또한 없었다. 그럼에도 지금 이 순간 짧게 명멸하는 철민의 상념 속에서, 하정태와 짱의 이미지는 설핏 겹쳐지고 있었다.

하정태가 철민에게로 시선을 맞추어온다. 그는 이제야 철민을 발견한 모양이다.

하정태의 얼굴이 순간 힘겹게 일그러졌다. 언뜻 고통스러워하는 것처럼 보인다.

더불어 하정태의 눈빛에서 철민은, 자신을 여기까지 오게만든 데 대한 미안함과 지금의 위험에 대한 다급한 경고를 읽을 수 있었다.

철민은 가만히 주먹을 움켜쥔다. 어쨌든 하정태는 그를 위해 일하고 있는 사람이다. 적어도 지금 현재는! 그것만으로도 하정태가 계속 위험 속에 있도록 방치할 수는 없는 일이다.

그는 하정태와 시선을 맞춘 채 가만히 고개를 끄덕인다. 그 가벼운 고갯짓으로 그는 전달하고 싶었다.

'이제는 안심해도 좋소!'

하정태의 두 눈이 언뜻 커진다. 이어 그의 두 눈에는 다시 엷은 물기가 번져간다.

"저 사람은 이제 그만 풀어주시오!"

철민이 담담하게 말했다.

중년 사내가 와락 인상을 찌푸린다.

"조금 편의를 봐줬더니, 뭔가 상황 파악이 잘 안 되는 모양이로군! 이봐, 강 대표! 저 친구를 풀어주고 말고는 내가 결정할 문제지, 건방지게 당신이 이래라저래라 할 문제가 아냐! 그리고 당신과 마찬가지로, 저 친구를 죽이고 살리는 문제 역시, 내 손에 달렸다고! 알겠어?"

철민은 대답하는 대신 희미하게 웃음을 떠올린다. 동시에 그는 성큼 걸음을 내디뎠다.

"이봐! 지금 뭐 하는 거야? 그 자리에 서! 서라고!"

중년 사내가 날카롭게 외쳤다.

그러나 철민은 무시하고 성큼성큼 걸어간다.

"야! 뭣들 하고 서 있어? 저 새끼 잡아! 잡아서 꿇려!"

중년 사내가 급하게 명령했다.

사내들 중 넷이 곧장 철민을 향해 달려든다.

픽!

짧게 쳐낸 철민의 왼쪽 주먹이 한 사내의 관자놀이에 가볍게 꽂혔다. 그 사내는 달리던 힘을 이기지 못하고 한 걸음을 더 나아가고 나서야 풀썩 고꾸라졌다.

픽!

모두가 놀랄 틈도 없이, 다시 철민의 오른쪽 주먹이 다른 한 사내의 관자놀이에 작렬한다. 그리고 연이어 그의 좌우 주먹이 다시금 허공을 가른다.

퍼픽!

네 명의 사내가 동시이다시피 고꾸라진다.

그 상황은 차라리 이상했다. 철민과 사내들에게서는 서로 치고받는 격렬함 따위도 없었다. 너무도 쉽고 간단했다. 마치 서로가 그런 식으로 할 거라고 미리 정해놓고 하는 시범이나, 혹은 약속 대련이기라도 한 것 같다.

하정태는 눈도 깜빡이지 못하고 그 광경을 보았다. 다급함으로 가득하던 그의 눈빛은 놀라움으로 채워졌다. 그리고 이

으고 철민이 그의 앞을 막아서며 등을 보였을 때, 그의 눈빛에는 다시 안도감이 채워진다.

"저 새끼, 죽여 버려!"

악에 받친 듯이 누군가 갈라진 목소리로 외쳤다. 남은 열댓 명의 사내가 일제히 철민을 향해 달려든다. 그러나 그들의 움직임은 사뭇 조심스러웠다.

그런데 그때였다.

1층과 연결된 통로 쪽에서 새롭게 한 사람이 나타났다.

또각! 또각!

구두 굽 소리를 선명하게 울리며 촉발 직전의 험악한 분위기를 태연하게도 가로지르며 걸어오는 사람은 늘씬한 몸매의 여인이었다. 바로 미후다.

철민은 미후를 확인하고서 틀어쥐고 있던 주먹에서 힘을 푼다. 그리고 몸을 돌려 우선 하정태의 입을 봉하고 있는 테이프부터 제거해 주었다.

"대표… 님!"

하정태가 쉰 목소리로 말했다. 그의 호흡이 거칠었다.

철민이 가만히 고개를 가로젓는다.

"이제 괜찮으니 천천히… 천천히 말해도 됩니다!"

그 말에 전적으로 따르기라도 하듯 하정태가 길게 안도의 숨을 내뱉는다.

하정태를 결박하고 있는 테이프는 여러 겹으로 동여매져 있어서 쉽게 떼어지지가 않는다. 칼이나 가위가 필요할 것 같아서 철민이 일단은 손을 멈춘다. 그런데 당장 그의 시선을 빼앗는 것이 있었다.

하정태 또한 두 눈을 부릅뜨다시피 했다. 그 역시도 자신의 결박을 푸는 것보다는 다른 광경에 정신을 빼앗기고 있었다.

미후는 한 자루의 검을 다루고 있다. 아주 가늘고 좁다란 검신의 그 검은 마치 회초리처럼 낭창거리며 종횡무진 사방을 베고 후리고 찔러댄다.

그녀에게 덤벼들던 사내들은 팔목이며, 옆구리며, 어깨를 감싸 쥐고는 주춤주춤 뒤로 물러난다.

그렇게 대여섯 명의 사내가 싸움판에서 멀찍이 이탈한 것은 순간의 일이었다. 남은 10여 명은 감히 미후의 가까이로는 접근하지 못하고 거리를 둔 채 변죽만 울리는 모양새였다.

탕!

굉렬한 소리가 허공을 찢으며 터져 나왔다.

중년 사내였다. 그가 허공을 향해 한 발을 발사한 권총의 총구를 다시 미후에게로 겨누어 가고 있었다.

미후의 움직임이 우뚝 멈춘다, 이어 그녀는 그 한 자루의 낭창거리는 검으로 천천히 중년 사내를 마주 겨누는데, 일말의 두려움도 없이 차분하게 가라앉은 모습이었다.

철민 또한 당황하지 않았다. 짧은 순간 그는 준비가 되었고, 권총의 방아쇠에 걸린 중년 사내의 손가락을 예의 주시하고 있었다.

그 손가락이 움직이는 순간, 슬비를 작동시켜도 늦지 않으리라는 자신이 있었다. 슬비는 이제 아무런 예비 과정 없이, 어떤 순간에도 즉시 작용시킬 수 있는 단계로 올라서 있다.

다만 이처럼 많은 눈이 지켜보고 있는 가운데 자신의 평범하지 않은 모습을 보인다는 게 부담스러울 뿐이다.

피슝!

압축된 공기가 터지는 듯한 소리가 났다.

"윽……!"

중년 사내가 경악과 고통을 동시에 담은 비명을 뱉으며, 왼손으로 오른쪽 손목을 감싸 쥐었다.

탱~!

차가운 금속성이 뒤를 잇는다. 권총이 바닥에 떨어지면서 내는 소리다.

한순간 벌어진 그 일련의 상황들은 철민이 만들어낸 것이 아니다. 그렇더라도 그는 여전히 침착함을 유지하고 있었다.

1층으로 통하는 통로에 새롭게 두 사람이 나타났다. 그리고 그중 한 사내는 망원렌즈가 달린 라이플을 들고 있다. 강혁수였다. 그리고 그의 한 발 뒤에는 한상운이 서 있다.

"눈도 깜빡이지 마라! 대갈통에 바람구멍 나기 싫으면!"

여전히 눈을 망원렌즈에 대고, 라이플을 겨눈 채로 강혁수가 소리쳤다.

사내들은 감히 함부로 움직이지 못하고, 그대로 얼어붙은 듯이 서 있다.

"괜찮으십니까?"

한상운이 재빠르게 다가서며 물었다.

철민이 쓴웃음을 지으며 말을 받았다.

"기어코 따라온 겁니까?"

"죄송합니다. 그렇지만 꼭 이런 일이 벌어질 것 같아서 말입니다! 어쨌든 결과적으론, 저희들이 오길 잘한 것 같은데요?"

그에 철민은 차마 '당신들이 오지 않았어도 우리끼리 충분히 감당할 수가 있었소!' 라고 받아칠 수는 없는 노릇이었다. 그는 그냥 순순히 고개를 끄덕이고 말았다.

제7장
미끼

우리 차근차근 대화로 풀어봅시다!

하정태가 그간에 얽힌 사정에 대한 개략을 빠르게 설명했다.

그런 중에 철민은 한상운에게서, 그가 뭔가를 미리 알고 있었던 듯한 느낌을 설핏 받는다.

그러나 당장 분주하게 돌아가는 상황들 때문에라도 구체적으로 의심해 볼 여지까지는 갖지 못했다.

"전화하세요!"

철민이 윤호균 전무의 주머니에서 꺼낸 휴대폰을 그에게 건네며 말했다.

"어디에… 말이오?"

윤호균 전무가 짐짓 의아하다는 얼굴로 물었다. 그런 그의 얼굴에는 어느 정도의 여유와 노회함이 돌아온 것 같았다.

"당신들이 납치한 아가씨! 지금 즉시 풀어주도록 하세요!"

철민의 말에 윤호균 전무가 희미한 웃음기를 떠올렸다.

"그건 크게 어려운 일이 아니오! 다만 그 전에 강 대표! 나와 얘기부터 좀 나눕시다! 이 모든 게 강 대표를 만나기 위해서 벌인 일이거니와 태성그룹의 프로젝트사업부장으로서 근간에 일어나고 있는 일련의 사태들에 대해 강 대표와 허심탄회하게 대화를 나누고 싶소!"

철민이 잠시간 건조한 눈빛으로 윤호균 전무를 응시한다. 그리고 덤덤한 투로 말한다.

"난 당신 같은 사람과는 허심탄회하게 대화를 나누고 싶지 않습니다. 그러니 그냥 시키는 대로 전화부터 하세요! 괜히 험한 꼴 당하지 말고요!"

윤호균 전무가 웃음기를 좀 더 짙게 만들며 받는다.

"이보시오, 강 대표! 나, 30년 넘게 이 바닥 밥을 먹어온 사람이오! 그러니 험한 꼴 당한 게 어디 한두 번이었겠소? 그러지 말고, 우리 차근차근 대화로 풀어봅시다!"

철민의 눈빛이 문득 차가워진다.

"그럼 험한 꼴 한 번 더 당하고 나서 다시 시작하는 걸로 합시다!"

철민의 말에 하정태가 성큼 앞으로 나선다.

"대표님! 저 새끼, 저한테 넘겨주십시오! 제가 죽여 버리겠습니다!"

그 말에 철민이 뭐라고 하기 전에 윤호균 전무가 먼저 날카롭게 받아친다.

"어이, 하정태! 너 같은 양아치 새끼가 감히 낄 자리가 아니다! 그리고 그 계집애가 아직 내 손에 있다는 걸 명심해! 함부로 나대다간 그 계집애부터 무사하지 못할 테니까!"

"이런, 개새끼……!"

하정태가 윤호균 전무에게로 돌진하려 할 때 철민이,

"하정태 씨! 잠깐만!"

하고 말렸는데, 비록 나직하고 담담한 목소리였지만, 하정태는 감히 거역하지 못하고 움찔 멈춰 선다.

"저한테 맡겨주시죠!"

철민이 차분하게 덧붙였다.

하정태가 짧게 숨을 들이켜며 스스로의 격동을 추스른다. 이어 철민에게 고개를 숙여 보인 그는 묵묵히 한쪽으로 물러선다.

철민은 두어 걸음 뒤쪽에 선 미후를 돌아본다. 그리고 가볍게 눈짓을 준다.

미후가 무표정하게 윤호균 전무 쪽으로 다가선다.

그런 미후에게서 불현듯 섬뜩한 느낌이라도 받았는지, 윤호균 전무가 움찔 뒤로 물러선다. 그리고 철민을 향해 다급하게 소리친다.

"강 대표! 내 말 듣지 않으면 크게 후회하게 될 거요!"

그러나 다음 순간 그는,

"악~!"

하고 날카로운 비명을 내질렀다.

어느새 다가선 미후가 윤호균 전무의 어깨를 움켜잡고 있다. 여자의 가냘픈 손아귀의 힘이 세면 얼마나 세다고 저리 홍감을 부릴까 싶은데, 막상 윤호균 전무 본인은 끔찍한 고통에 지레 질린 듯 감히 꼼짝도 하지 못했다.

이어 미후가 윤호균 전무의 등을 민다.

가볍게 미는 것이었지만, 윤호균 전무는 감히 저항할 엄두를 내지 못하고 앞장을 선다.

미후는 윤호균 전무를 앞세우고 3층으로 올라가는 통로로 향한다.

철민이 천천히 미후의 뒤를 따른다.

이어 한상운이 강혁수를 향해 슬쩍 눈짓을 하고는 자신도 철민을 따라간다.

무슨 일인가 하고 눈치를 보던 하정태가 다시 뒤를 따르려 할 때였다.

"하정태 씨는 날 좀 도와줘야겠습니다!"

강혁수의 말이었다. 마뜩잖은 기색인 하정태에게 강혁수는 사내들을 결박하라고 한다.

그리하여 강혁수가 라이플을 겨누고 있을 때 하정태는 사내들 하나하나의 손목을 뒤로 돌려 테이프로 결박하고, 다시 서너 명씩 굴비를 엮듯이 한데 묶어나간다.

삐용~ 삐용~ 삐용~!

하정태가 막 작업을 끝낼 즈음, 바깥에서 요란하게 소리가 울렸다. 사이렌이다.

하정태가 얼른 벽 쪽으로 달려가 바깥을 내려다보니, 건물 입구에 경찰차와 형사 기동대 차량 등 여러 대가 급하게 들어와 섰다. 이어 20여 명의 사복 형사가 차에서 내려 곧장 건물로 진입한다.

"우리도 그만 갑시다!"

강혁수가 빠르게 말하고는 엉거주춤 서 있는 하정태의 손목을 낚아채며 곧장 3층으로 향한다. 그러는 사이에 1층과 연

결된 통로에서는 여러 명이 뛰어 올라오는 소리가 들린다. 이어,

"경찰이다!"

"모두 움직이지 마!"

여러 마디의 고함 소리가 2층의 공간을 쩌렁하게 울린다.

강혁수와 하정태는 등 뒤로 외치는 소리들을 들으면서 빠르게 3층으로 뛰어 올라간다. 그리고 3층에 올라서자마자 통로 끝의 벽에 바짝 붙어 선 강혁수가 입에 손가락을 대며 나직이 바람 소리를 낸다.

"쉿!"

둘은 가만히 아래층의 동향에 귀를 기울인다. 형사들은 곧장 사내들을 체포하여 다시 1층으로 내려가는 모양이었다.

사내들을 결박까지 해놓은 상태이니, 형사들이 따로 할 일도 없을 터였다. 다만 한 번쯤 3층으로 올라와서 살펴볼 만도 한데 그런 움직임은 전혀 감지되지 않았다. 그리고 하정태가 보기에, 강혁수 역시 그다지 긴장한 모습은 아니었다.

삐용~ 삐용~!

사이렌이 멀어져 가고 있었다.

고문

미후가 가볍게 어깨관절을 치자, 윤호균 전무가 그대로 자지러진다.

"우우~!"

관절이 탈골된 것이리라.

그러나 윤호균 전무는 크게 소리를 내지도, 더욱이 처절한 비명을 지르지는 못했다. 그저 웅얼거리는 듯 희미한 소리만 내고 있을 뿐이다.

그는 몸부림조차도 치지 못했다. 다만 표정과 입모양으로만 극한의 고통을 호소할 뿐이다, 아혈(啞穴)과 마혈(麻穴)을 동시에 제압당한 까닭이다.

미후는 무심한 얼굴이다. 아무런 감흥도 없이 그저 정해진 절차를 수행해 나간다는 듯 탈골을 진행시켜 나가고 있다.

양어깨!

팔꿈치!

손목!

"끄으으으으~!"

윤호균 전무는 이제 심하게 쉬어서 목이 잔뜩 잠긴 것처럼 겨우 소리를 내고 있었다. 그것은 짐승이 울부짖는 듯한 소리였다.

철민은 쓸쓸했다.

그는 미후가 고문하는 것을 처음 보는 것은 아니다.

그리고 과거의 그였다면 몰라도, 현재의 그가 기껏 이 정도의 잔인함이 힘에 겨울 것도 아니었다.

오히려 이런 고문에 어느새 익숙해져 버린 것만 같아서 씁쓸했다.

그러나 고문은 역시 가장 효과적인 방법이다.

비록 잔인할지라도!

비인간적일지라도!

비합법적일지라도!

고문 이전에 고문을 유발한 상황 자체가 이미 합법적인 영역을 벗어난 것이기도 하다.

그리고 고문당해 마땅한 위인이라는 위안이 있기도 하다.

그러나 그는 또한 잘 알고 있다.

이러한 잔인하고 비인간적이고 비합법적인 행위를 아무리 정당화하려고 해도 어떠한 명분으로도 결코 정당화될 수 없다는 것을!

인간이 인간을 고문한다는 것, 그것만큼 인간답지 못한 행위도 없다는 것을!

고문에 익숙해지는 만큼, 그 스스로도 점점 더 인간답지 못하게 변해가고 있다는 것을!

우두둑!

윤호균 전무의 손가락 두 개가 잇달아 부러져 나갔다.

그는 이제 희미한 소리도 내지 못한다. 대신 그의 두 눈이 하얗게 까뒤집어지고 있다.

"그만!"

철민이 나직이 외쳤다.

미후가 즉시 윤호균 전무에게서 떨어진다.

극한의 고통에서 잠시간 해방된 윤호균 전무가 사력을 다해 목소리를 짜낸다.

"끄으으으으… 윽!"

알아들을 수 없는 소리였지만, 충분히 그 뜻을 알고도 남음이 있다. 애원이다. 살려 달라는, 제발 살려 달라는 다급하고도 처절한 호소다.

철민은 몸을 굽혀 윤호균 전무와 시선을 맞춘다.

"이제 전화를 하겠습니까?"

윤호균 전무의 고개가 힘겹게, 그러나 사뭇 격렬하게 끄덕여진다.

철민은 미후를 향해 가볍게 고개를 끄덕인다.

미후가 손날로 윤호균 전무의 목덜미 어림과 어깻죽지 부근을 잇달아 강하게 친다. 제압된 혈도들을 풀어준 것이다. 그리고 그녀는 윤호균 전무에게 휴대폰을 건네준다.

윤호균 전무는 비록 힘겨운 목소리지만, 분명하고도 단호하게 지시한다. 인질로 잡고 있는 여자를 지금 즉시 풀어주라고!

"한 실장 좀 오라고 해!"

철민이 미후에게 말했다.

그들은 지금 4층에 올라와 있었고, 한상운 등은 3층에서 기다리게 했다. 이런 잔인한 행위를 방관하는, 아니, 사실상 주도하는 자신의 모습을 그들에게 보여주고 싶지 않아서다.

물론 그렇더라도 한상운 등은 4층에서 무슨 일이 벌어지는지 대강 짐작하고 있을 것이다.

미후가 3층으로 내려간 사이, 철민이 윤호균 전무에게 나직이 묻는다.

"세진그룹 특수사업부 백영우 차장 기억합니까?"

"그자를 어떻게……?"

윤호균 전무가 퍼뜩 놀라며 반문했다.

철민이 차갑게 몰아세운다.

"기억하냐고 물었습니다!"

윤호균 전무가 대번에 움츠러든다.

"예, 예! 기억합니다!"

"그때 그 마약의 원 소유자가 누구입니까? 그리고 태성그룹과는 어떤 관계입니까?"

"그건······."

"윤 전무님! 조금이라도 허튼소리가 나오면, 좀 전의 그 여자와 다시 대면해야 할 겁니다!"

철민이 눈빛을 날카롭게 굳히며 몰아쳤다.

윤호균 전무가 경기라도 일으키듯 화들짝 소스라치며 입을 연다.

"아··· 아, 아닙니다! 절대 그런 게 아닙니다. 다만 그 마약에 관한 건은 저희 회장님께서 직접 챙기셨던 부분이라서··· 저도 상세한 내용에 대해서는 알지 못합니다. 죄송합니다! 정말 죄송합니다! 그렇지만 시간을 좀 주십시오! 조금만 시간을 주시면··· 제가 어떻게든 알아보겠습니다. 아니, 반드시 알아내겠습니다!"

순간 철민은 허탈해지고 말았다. 윤호균 전무의 위치라면, 마약의 원주인이 누구인지 알 수 있을 것이고, 나아가 오종수에게서 알아내지 못했던 영감탱이의 정체까지도 밝힐 수 있으리라는 기대가 있었던 것이다.

다급한 공포를 드러내고 있는 모습에 윤호균 전무가 거짓을 꾸며낼 여유는 전혀 없어 보여 철민은 더 이상 윤호균 전무를 닦달할 마음이 생기지 않았다. 그리고 때마침 미후와 한상운이 오고 있었다.

윤호균 전무의 상태를 재빨리 훑은 한상운은 내심 가만히 한숨을 내쉰다. 윤호균 전무가 지독한 고문을 당했다는 걸 쉽게 알아볼 수 있었기 때문이다.

그러나 그가 고문 자체에 대해 어떤 유감이 있는 건 아니었다. 오히려 어느 정도 안도했다. 자신이 직접 하지 않아도 된다는 안도다.

고문은 끔찍한 행위다. 그러나 주어진 임무로 인해, 때로 해야만 하는 상황에 부딪치는 때가 있다. 지금도 그런 경우다. 철민과 미후가 하지 않았다면, 그 비인간적인 작업은 그 혹은 강혁수의 몫이 되었을 것이다.

한상운은 아무런 내색 없이 그저 덤덤한 기색으로 윤호균 전무에게 가까이 다가선다. 그리고 몇 가지 질문을 하기 시작한다.

한상운의 목소리와 어투는 일상적인 대화를 나누기라도 하는 것처럼 나직하고 부드럽다.

그러나 미후가 곁에서 지켜보고 있다는 사실만으로도 윤호균 전무는 바짝 긴장한 모습이다.

윤호균 전무는 성의를 다해 대답을 했다.

태성그룹이 은밀하게 영위하고 있는 특수 목적의 사업들에 대한 내밀한 조직 구조와 체계, 정재계 고위층급 비호 인맥들의 인적 사항, 그들에게 상납한 뇌물 내역 등등에 대해.

그리고 그중에는 지금까지 검찰의 표적 수사에서도 밝혀진 바 없는, 새로운 비밀 정보도 상당 부분 있다.

윤호균 전무의 입에서 나온 모든 것은 한상운의 휴대폰에 고스란히 녹음되었다.

미끼

사실 한상운은 진즉 하정태의 주변을 주시하고 있었다. 하정태가 사뭇 집요하게 철민을 만나려고 하는 것에 대해 의심을 하지 않을 수 없어서였다.

즉, 하정태가 외부의 적대적인 어떤 세력에 의해 회유 혹은 위협을 받고 철민을 노출시키려 할 가능성에 대해, 그로서는 한 번쯤 상정해 보지 않을 수 없었던 것이다.

더욱이 철민과 하정태 사이의 구원(?)에 대해 알지 못하는 그로서는 당연히 가져볼 수 있는 의심이었다.

그리고 조심이었다.

한상운에게는 또 다른, 보다 공격적인 의도가 있기도 했다.

이제쯤 태성그룹 쪽에서도 자신들을 공격하는 주체가 PAR투자운용이란 것을 감지했을 것이다.

따라서 어떤 식으로든 그들 쪽에서 반격을 노릴 것이라는 전제를 해보아야만 하는 시점이었다.

그러나 대표인 철민을 비롯하여 모든 것이 꽁꽁 숨겨져 있다시피 한 상황에서, 그들이 PAR투자운용에 대해 접근해 볼 수 있는 여지는 별로 없었다.

유일하게 밖으로 노출되어 있는 건 한상운 자신뿐이었다.

그러나 그 역시도 철저하게 대비하며 빈틈을 보이지 않고 있었으니 저들은 보다 쉬운 목표를 찾으려 할 것이었다.

그리고 저들이 조금만 더 주의 깊게 접근해 본다면, PAR투자운용의 첨병 역할을 하고 있는 하정태와 그의 팀원들에 대해 인지하게 될 것이란 점은 그리 어렵지 않게 추론해 볼 수 있었다.

한상운은 하정태의 주변을 은밀히 주시했다.

그런 와중에 과연 하정태의 주위에서 일어나는 의심스러운 동향을 감지할 수 있었다.

태성 쪽이었다.

그러나 한상운은 하정태에게 그러한 동향에 대해 알려주지 않았다.

철민에게도 보고하지 않았다.

좀 더 상황을 지켜보면서, 선제적이고도 치명적인 역공을 가할 기회를 잡기 위해서였다.

미안하지만 하정태에게는 미끼의 역할이 주어진 것이다. 그 자신의 의사와는 전혀 무관하게!

그리고 이윽고 태성 쪽에서 미끼를 덥석 물었다.

검찰은 와이키키에서 확보한 자료를 근거로 강하게 태성그룹을 압박하고 있었다.

태성그룹은 이미 음지 사업 부문에 심각한 타격을 받았고, 그로 인해 그룹 전체적으로도 상당히 위축된 상황이었다.

그러나 태성그룹은 버티기에 들어갔다. 장기전을 치를 태세였다.

검찰은 태성그룹을 코너로 몰아넣고도 마지막 결정타를 날리지 못하고 있었다.

정재계를 망라하는 태성의 인맥은 생각보다 두텁고 막강했다.

충분한 혐의가 있어도 일거에 무너뜨릴 수 있는 결정적인 증거 한 방이 없는 이상에는, 아무리 '성역 없는 수사'를 부르짖는 검찰로서도 감히 건드리지 못할 레벨들이 있었다.

결국 '국가 경제에 미치는 영향력을 고려해야 한다!'는 소위 '언론 발(發) 여론'이 검찰을 압박하기 시작했다.

이대로 간다면 검찰은 조만간 어느 단계에서 어떤 모양새로

수습할지 모색하는 쪽으로 방향을 틀 가능성이 높았다.

그리하여 결국 타협이 이루어질 것이고, 다시 시간이 지나면 '혐의만 의심받았던' 저들은 독버섯처럼 다시 고개를 들 것이다. 그리고 금세 원래의 위세를 회복할 것이다. 이제까지 수없이 반복되어 왔던 것처럼!

한상운이 얻고자 한 것은 바로 '결정적인 증거 한 방'이었다.

단순히 검찰을 돕고자 하는 건 아니었다.

'검찰로서도 감히 건드리지 못할 레벨들'을 응징해 보겠다는 사회적 정의감 따위는 더욱이 아니었다.

그가 목표로 하는 건 태성그룹의 붕괴였다.

그것이야말로 그와 그가 속한 국가비밀정보국 1팀에 부여된 임무의 1단계 목표였다.

이것으로 그와의 인연이 끝나기를 바랍니다

한상운이 소기의 목적을 달성하고 휴대폰을 갈무리하고 있는데 하정태와 강혁수가 올라왔다.

하정태는 철민에게 태식의 여동생이 무사하다는 연락을 받았다고 보고했다.

"무례가 많았습니다!"

철민이 윤호균 전무를 향해 가볍게 고개를 숙였다.

윤호균 전무가 움찔 당황하며 마주 고개를 숙인다.

담담하게 지켜보고 있던 한상운이, 차분한 목소리로 윤호균 전무에게 말한다.

"태성그룹은 조만간 무너질 겁니다! 그렇게 아시고 최대한 신속하게 주변을 정리하십시오! 그리고 어디 안전한 곳으로 몸을 피하실 것을 권해 드립니다."

한상운은 그렇게만 말했다. 그러나 그 정도만으로도 그것이 무엇을 의미하는지에 대해서는 윤호균 전무 자신이 가장 잘 알고 있을 것이었다. 이미 채집된 자신의 증언을 무력화시키기 위해 태성 측에서 무슨 짓이라도 벌일 수 있다는 엄혹한 이치에 대해서!

한상운은 강혁수에게 윤호균 전무를 가까운 병원까지 데려다주도록 했다.

하정태는 내내 철민에게로만 시선을 주고 있었다. 하고 싶은 말들이 목구멍까지 차 있는데 차마, 혹은 감히 말을 꺼내지 못하겠다는 표정이다.

철민이 빙그레 웃으며 먼저 말을 건넨다.

"하정태 씨! 우리 약속은 아무래도 다음으로 미뤄야겠죠?"

하정태가 진지하다 못해 엄숙하기까지 한 얼굴로 받는다.

"대표님! 저, 그렇게 염치없는 놈은 아닙니다. 제가 잘못 처신하는 바람에 일을 이 지경으로까지 만들었는데, 게다가 대표님께 이렇게 큰 신세를 졌는데 제가 어떻게 그런 염치없는 부탁을 다시 드릴 수 있겠습니까? 그리고 사실, 이미 확실하게 알았습니다. 저 같은 놈은 처음부터 대표님의 발끝도 따라가지 못한다는 걸 말입니다!"

"하하하! 그건 좀 아닌 것 같은데요? 뭐, 어쨌든 하정태 씨! 계속 우리와 같이 일을 하는 건 맞겠죠?"

"감사합니다, 대표님! 열심히 하겠습니다!"

하정태가 넙죽 허리를 숙인다.

지켜보고 있던 한상운이 슬쩍 끼어든다.

"하정태 씨!"

"예! 실장님!"

한상운이 희미하게 웃음기를 떠올린다. 하정태가 그에 대해서도 한결 고분고분해진 느낌에 대한 것이다.

"곧 검찰에서 대대적인 수사가 시작될 겁니다. 그럼 태성 쪽은 물론이고, 세진 그리고 우리 쪽도 수사 대상에서 예외가 되지는 못할 거고요. 그러니 하정태 씨는 팀원들과 함께 잠시간 어디 조용한 곳으로 피해 있도록 하세요! 필요한 자금은 부족하지 않게 지원해 드릴 테니까!"

순간 하정태가 설핏 표정을 굳히며 묻는다.

"얼마나… 피해 있어야 하는 겁니까?"

"글쎄요! 검찰의 수사 상황을 지켜봐야 알겠지만, 지금 분위기로 봐서는 꽤 오래 걸릴 수도 있을 것 같습니다."

하정태의 얼굴이 무거워진다.

"혹시… 일을 그만두어야 할 수도… 있는 겁니까?"

그 말에 한상운이 싱긋 웃으며 대답한다.

"그동안 해왔던 일 자체가 필요하지 않게 되는 경우가 아니라면……. 하하하! 대표님께서도 방금 말씀하시지 않았습니까? 하정태 씨와 계속 같이 일할 거라고!"

하정태의 굳었던 표정이 다소간 펴진다.

한상운의 미소가 슬쩍 짙어진다. 독하고 모진 성격인 줄로만 알았더니, 하정태에게 이렇게 단순한 면모도 있었나 싶은 걸까?

"자! 그럼 하정태 씨는 먼저 가보도록 하세요!"

"예! 알겠습니다!"

하정태가 자신의 성의를 보여주기라도 하듯 짐짓 씩씩하게 대답했다. 그러고는 잰걸음으로 아래층으로 내려간다.

"정말 그와 계속 일하게 될까요?"

하정태의 기척이 멀어지고 난 다음, 철민이 한상운에게 물었다. 조금은 가라앉은 투다.

한상운이 잠시 틈을 두고 나서 담담하게 대답한다.

"나중의 일을 누가 장담할 수 있겠습니까? 그렇지만 제 솔직한 심정으로는, 이것으로 그와의 인연이 끝나기를 바랍니다. 우리를 위해서도! 그리고 그를 위해서도 말입니다!"

제8장
심란

실종

태성그룹 회장실에 비상이 걸렸다. 윤호균 전무의 갑작스러운 실종 때문이다.

윤호균 전무는 이틀 전부터 회사와는 물론, 가족들과도 모든 연락이 두절된 상태였다.

그룹이 직면하고 있는 상황에서 윤호균 전무가 차지하고 있는 비중은 절대적이다.

정태수 회장의 긴급 지시가 떨어졌다. 그룹의 정보 라인이 모두 가동되었고, 윤호균 전무의 행적에 대한 추적에 돌입했다.

이틀 전, 실종되기 전날 밤의 윤호균 전무의 종적이 속속 확인되었다.

PAR투자운용의 행동대를 추적하고 제압한 다음, 다시 그들을 미끼로 하여 대표인 강이권까지를 잡으려고 시도한 정황들이 속속 밝혀졌다.

회장실에서는 서둘러 그날 윤호균 전무가 동원했던 인력들을 수배했다.

프로젝트사업부가 비공식적으로 관리하고 있던 방계 조직들 중의 하나였다.

그런데 확인 결과, 그들은 모두 경찰서 유치장에 수감되어 있었다.

급하게 유치장에 수감된 자들을 면회하고자 했다.

그런데 그게 도무지 여의치가 않았다. 경찰에서 수감자들과의 면회를 불허한 까닭이다.

그런데 경찰에서 불허하는 이유가 사뭇 억지스러웠다, 법리적으로 따져보아도 문제의 소지가 다분히 있었다.

무슨 이유에선지 경찰은 그들 수감자들과의 접촉을 의도적으로, 그리고 집요하리만큼 차단하고 있는 걸로 보였다.

조심스럽게 검경 쪽 인맥들과 접촉을 시도해 보았다. 여의 치 않으리라는 것은 미리 각오한 바였지만, 역시나 예전과는 판이하게 분위기가 다르다는 것을 새삼 절감할 수밖에 없었다. 하나같이 몸을 사리는 기색이 확연했다.

변호사를 통해 항의를 하고 공식적으로 문제 제기도 했다. 그러나 경찰의 행위가 명백하게 법리에 어긋난다고 하더라도, 역시 그러한 문제를 소명하고 바로잡기 위한 절차들을 밟는 데는 상당한 시간이 소요될 것이었다.

상황이 나아지기만을 기다리고 있을 수는 없었다. 어쨌든 윤호균 전무의 마지막 종적은 PAR투자운용에 방점이 찍혀 있었으니, 회장실은 PAR투자운용 쪽으로 가용 가능한 모든 수단을 집중시켰다.

그러나 PAR투자운용은 그야말로 완벽하게 흔적을 지우고 종적을 감춘 뒤였다.

답답한 김에 세진그룹 쪽으로 선을 대보았지만, 역시나 모르겠다는 답변만 돌아왔다.

회장실은 이윽고, 더는 어떻게 손을 써볼 방도가 없는 지경에 처하고 말았다.

"회장님! 윤 전무에 관한 소식이 들어왔습니다!"

비서실장의 급한 보고였다.

"뭐? 그 친구 지금 어디 있어?"

정태수 회장이 벌떡 자리에서 일어서며 물었다.

"위치는 현재 추적 중에 있습니다! 다만 이틀 전에 필리핀으로 출국한 사실이 확인되었습니다!"

"뭐, 필리핀? 가만… 그럼 이 새끼 이거… 무슨 사고 치고 해외로 토꼈다는 거 아냐? 이런… 야! 그런 걸 이틀이나 지난 지금에야 보고하면 도대체 뭘 어떻게 하자는 거야, 이 멍청한 새끼들아!"

정태수 회장이 버럭 고함을 내질렀다. 그러곤 책상에 놓인 회장 명패를 집어 벽으로 내던졌다.

쨍~!

자개로 만든 명패가 박살이 나면서 조각난 파편들이 사방으로 튄다.

사상누각

검찰의 태성그룹을 표적으로 한 수사가 급물살을 타고 있다.

사실 태성그룹의 전방위적인 비리 혐의에 대한 검찰의 수사는 이미 거의 완료 단계였다.

다만 화룡점정의 결정적 증거가 미흡했을 뿐이다.

그런데 태성그룹 프로젝트사업부장 유호균 전무를 통해 핵심적이고도 결정적인 증거 자료들을 한꺼번에 확보되었으니, 검찰은 더 이상 미루고 주저할 것 없이 실질적인 액션에 돌입했다.

언론 매체들의 일제 보도가 여론을 폭발시켰다. 태성그룹에 조폭 기업이라는 이미지를 씌워 버린 것이다.

검찰의 본격적인 액션과 여론의 거센 비난에서 위험을 느낀 금융 기관들이 일시에 태성그룹에 대한 선제적 자금 회수 절차에 착수했다.

안 그래도 PAR투자운용의 파상적인 공격으로 주요 수입원 대부분이 무너진 상태이던 태성그룹은 곧바로 심각한 압박에 직면했다.

태성그룹 계열사들의 주식이 연일 폭락을 거듭하고 있다.

태성그룹은 사상누각처럼 급속히 무너져 가고 있다. 그처럼 거대한 조직이, 그렇게 한순간에 와해될 수 있으리라곤 믿기지 않을 만큼 빠르게!

그녀의 약혼 소식

한강이 내려다보이는 거실 창 너머로 해가 지고 있다.

산마루에서 한 뼘쯤 남겨놓은 석양은 온통 붉은빛으로 화해간다. 그 붉은빛은 마치 뭔가 안 좋은 일이 생길 것 같은 불길한 징조 같기도 하다. 보는 사람에게 괜히 불안한 느낌을 준다.

그런가 하면 그 붉은빛은 또 괜스레 슬픈 감정을 이입시키는 것 같기도 하다. 이제 곧 맞이해야만 할 소멸의 직전, 마지막 광휘를 뿌리고 있다는 데 대한 애잔함일까?

철민은 문득 우울해지고 만다. 속절없게도!

'나는 지금 어디까지 와 있는 걸까?'

불쑥 그런 물음이 생겨났다.

물론 답이 없는 질문이다. 자신이 가고 있는 길의 끝을 알지 못하는 한에는!

우울한 감상은 다시 그를 공허함으로 밀어넣었다.

그리고… 아아! 갑자기 가슴을 저미게 하는, 난데없이 덮치는 이 사무치는 느낌은 또 뭐란 말인가?

그립다……!

사무치도록 보고 싶다……!

그녀가……!

철민은 화장실 옆의 작은 방 벽장에 처박아 두었던 짐 가방을 꺼냈다. 그리고 가방을 뒤진 끝에, 제일 밑바닥에 처박힌 휴대폰 하나를 찾아낼 수 있었다. 예전에 쓰던, 그러나 그 스

스로 다시는 손에 대지 않겠다고 그렇게 격리시켜 놓은 물건
이었다.

'전원을 켤까……?'

망설여진다.

'혹시 그새 새롭게 온 메시지가 있지는 않을까……?'

결국 그는 가만히 휴대폰의 전원을 누르고 말았다. 마치 운
명을 엿보는 듯한 비장감이 엄습했다.

아무것도 없었다.

역시 휴대폰은 잊힌 것이다. 그 번호를 알고 있는 모두에게!

그러면서 김철민 또한 잊힌 것이리라. 김철민을 아는 모두
에게!

포기된 것이리라. 포기하리라. 이제야말로 나도 포기하리라,
김철민을!

그리고 김철민을 알고 있는 모두를!

'한 번만! 마지막으로 딱 한 번만 더 보자!'

철민은 결국 유혹을 이기지 못했다.

메시지들이 하나씩 뜨고 있다. 그녀가 남긴 메시지들이!

[아무 일도 없는 거지? 그렇지?]

[제발 연락 좀 해! 너 걱정돼서 죽을 것만 같아!]

[잊지 마! 넌 내 용사야! 내가 허락하기 전까진 날 떠나지

못해! 감히 도망치지 못해! 그러니까 당장 돌아와! 제발!]

이어 음성 사서함!

그녀의 목소리들이 흘러나온다.

—야, 김철민! 너 지금 나 애 태우려고 일부러 전화 안 받는 거지? 그렇지?

—김철민! 이 나쁜 자식아! 내가 보기 싫으면 사내답게 정식으로 보기 싫다고 말하면 될 것 아냐? 그런다고 내가 널 붙잡을 같아? 애걸복걸할 것 같냐? 천만 만만에 콩떡이다, 이 나쁜 자식아! 불알 찬 사내자식이 이게 뭐냐? 왜 흔적도 없이 사라지냐고, 이 나쁜 놈아!

—김철민! 대답 좀 해라, 제발!

—김철민! 나 힘들다고! 내 옆에서 나 좀 지켜주라고!

문득 뺨이 간질거린다. 흠칫 손바닥으로 훔쳐 보니, 흥건한 물기가 묻어나온다.

"바보같이……!"

철민은 혼잣말로 중얼거렸다. 다시는 이런 바보 같은 모습이 되지 않으리라.

그는 메시지들을 하나씩 지워 나간다.

견디기 어려울 만큼 가슴이 아려왔다. 아프다. 그 하나하나가 지워질 때마다!

이윽고 마지막 하나가 남았을 때, 그는 차마 삭제 버튼을 누르지 못해 몇 번을 망설이고 나서야 이를 악물고 결국 지워냈다.

"아아……!"

허탈했다. 마치 온몸의 힘을 다 써버리고 기진맥진한 것처럼!

철민이 휴대폰의 전원을 끄려 할 때였다.

띠링!

갑작스러운 신호음이 울렸다. 메시지의 도착을 알리는 소리다.

철민은 흠칫 놀라고 말았다. 그 소리가 반갑다기보다는 갑자기 엄습하는 어떤 불길함이 느껴졌다. 좀 전까지 창밖으로 비치던 노을의 붉은 광휘에 깃들어 있던 느낌처럼!

[모두 축하해 주자!]

생뚱맞은 문구였다.

이어 발신자를 보고 철민은 피식 실소했다. 윤수원이었다. 그 까페, 이름이 수(秀)였던가? 거기 사장 녀석 말이다. 그러곤 와락 반가운 마음이 밀려든다. 가슴이 벅찰 정도다.

'녀석이 이렇게까지 반가운 존재였던가?'

회의(?)가 불쑥 일어났다.

"짜식! 느닷없이 뭘 축하해 주자는 거야?"

철민은 친근하게 일부러 소리를 내어 중얼거렸다. 마치 윤수원과는 자주 만나온 사이라 바로 엊그제도 얼굴을 보았던 것처럼!

그리고 그는 짐짓 별일도 아닌 것처럼 태연하게 메시지 창을 열었다.

[아, 글쎄, 황유나가 약혼을 한다고 하네! 우리의 영원한 퀸을 도대체 어떤 놈이 채간다는 건지! 너무너무 쾌씸하고 아쉽지만… 어쩌겠냐? 드디어 운명의 짝을 만났다는데, 눈물을 머금고 보내줘야지!^^ 사실 약혼자 되는 사람하고 나하고는 한 다리 건너 좀 아는 사이인데, 우리의 퀸을 낚아챌 만큼 엄청 빵빵한 사람이다. 각설하고, 우리가 가만있을 수는 없는 일! 다들 가서 열렬히 축하해 주자! 겸사겸사 오랜만에 친구들 얼굴도 보고, 술도 한잔 나누고! 다음 달 첫째 주 토요일 오후 6시. 장소는…….]

철민은 시야가 흐릿해졌다. 메시지 뒷부분의 내용을 더 이상 읽을 수가 없었다.

철민은 뒷머리를 호되게 얻어맞은 듯했다. 이윽고 분노가, 맹렬한 분노가 찾아온다. 배신감 같은 걸까……?

그러나 다시 강렬한 반발심이 솟구친다. 그 맹렬한 분노 내지는 배신감에 대해서다. 그리하여 분노는 차가운 냉소로 변한다.

'왜? 걔가 약혼하는 게 나와 무슨 상관이라고? 걔가 내게 무엇이라고? 그저 초등학교 동창일 뿐이잖아? 그래! 한동안은 좀 가깝게 지내면서 이런저런 일들을 겪기도 했었지. 그렇지만 그저 동창생, 혹은 친구 사이를 넘어선 적은 없잖아?'

그러나 냉소는 거기까지였다. 냉소는 이윽고 안도로 변하고 있었다.

'서범준일 것이다. 그렇다면 차라리 잘된 일이다. 윤수원의 말마따나 서범준이라면 충분히 그녀와 어울리는 사람이다. 더욱이 진성그룹이라면 그녀를 지켜줄 수 있을 것이다!'

그러고 나니 철민은 뭔가 많이 정리가 되는 듯했다. 그에게 조금쯤 남아 있던, 그러나 사무치게 응어리져 있던 미련 같은 것들이 이제야 온전히 포기가 되는 듯하달까?

다만 그러고도 어딘가 한 점 불똥이 남아 있었던 모양이다. 그리고 그 불똥은 갑자기 엉뚱한 쪽으로 튄다.

'망할 자식! 요즘 장사가 더럽게 안 되나 보네! 할일 없으면 가게 화장실 청소라도 할 것이지, 지가 뭔데 이딴 문자를 돌리고 지랄이야? 그놈의 가게 그냥 확 망해 버려라!'

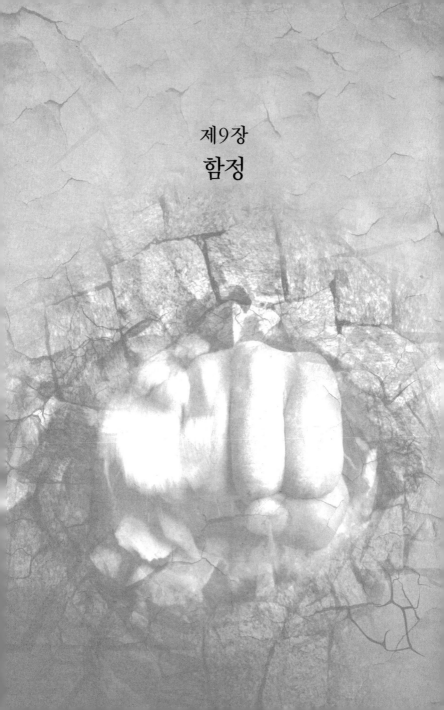

제9장
함정

21세기 청년경영자모임

휴대폰이 울린다. 세진그룹 염기준 전무다.

철민은 받지 않았다. 세진그룹에 관한 한 나인태 회장을 제외한 나머지 인사들의 상대는 한상운이 하는 것으로 되어 있었다.

전화가 두 번이나 더 온 것을 계속 무시했더니, 이윽고는 나인태 회장의 번호가 떴다.

"예! 회장님!"

─아! 강 대표! 많이 바쁜 모양이던데, 잠시 통화할 수 있겠소?

"물론입니다! 회장님!"

─다른 게 아니고, 이번 금요일 저녁에 시간 좀 낼 수 있겠소?

"금요일 저녁이요? 음… 스케줄을 한번 확인해 보도록 하겠습니다. 그런데 무슨 일이라도 있으십니까?"

─하하하! 이걸 부탁이라고 해야 할지, 아니면 선물이라고 해야 할지 모르겠는데… 아, 다른 게 아니고, 강 대표에게 아주 유익한 기회가 될 자리가 하나 있어서 말이오!

"무슨 말씀이신지……?"

─21세기 청년경영자모임이라고! 전도유망한 젊은 경영자들에게 교류의 장을 마련해 주고자 재계의 경영 원로들이 후견을 해서 만든 모임이 있어요. 우리나라 재계 서열 30위권 안에 드는 그룹과 대기업의 2세 혹은 3세 경영자들 중, 다시 까다롭게 자격을 따져서 대략 스무 명 정도를 초청해 몇 년 전에 초대 모임을 가진 바 있고, 이후로 매년 한 번씩 모임을 가져요. 매년 나한테도 초청장이 오는데, 사실… 나한테까지 초청장이 올 건 아닌데, 이런저런 인맥으로 연결되다 보니까 분에 넘치게도 그렇게 된 거지. 어쨌거나… 초청장이 아깝기는 하지만, 허허! 내게 그런 자리에 내보낼 만한 2세가 어디 있어

야 말이지. 그런데 올해도 초청장을 받고 보니, 문득 강 대표가 생각나질 않겠소? 어떻소, 강 대표! 그 모임에 한번 참석해 볼 생각 없소?

철민은 갑작스럽기도 하고, 또한 별 흥미가 없기도 했다. 그런데 그가,

"말씀은 고맙지만……!"

하고 곧바로 사양의 말을 꺼낼 때였다.

나인태 회장이 슬쩍 말꼬리를 낚아챘다.

"그… 워렌 버핏인가 하는 양반 있지 않소? 그 양반하고 점심 한 끼 먹기 위해 수억 원을 쓰기도 한다잖소? 강 대표에게 이 모임은, 워렌 버핏하고 점심 한 끼 먹는 자리보다 10배, 100배 더 가치가 있는 절호의 기회가 될 거라고 내가 장담할 수 있소. 강 대표가 앞으로 더욱 사업을 번창시켜 나가자면, 지금까지보다는 훨씬 큰물에서 노는 인맥들과의 교류가 반드시 필요할 텐데, 그런 측면에서 이 모임보다 더 좋은 자리는 없다는 말이오. 그러니 내 말 믿고 일단 한번 모임에 나가보시오! 허허허! 혹시 또 아오? 파트너도 동반할 수 있다니까, 사귀고 있는 아가씨가 있다면 이런 기회에 공주님 대접도 한번 하고 말이오. 하하하!"

'앞으로 더욱 사업을 번창시켜 나갈' 생각 따위는 애당초 없었던 철민이다.

그러나 그에게 절호의 기회가 될 거라고 '장담'까지 하는 나인태 회장의 성의를 봐서라도 단박에 거절할 수는 없는 노릇이었다.

"알겠습니다! 한번… 생각해 보겠습니다. 어쨌든 고맙습니다, 회장님! 이런 것까지 신경을 다 써주시고……!"

철민이 감사 인사로 통화를 마무리했다.

철민의 휴대폰으로 메시지가 전송되었다. '21세기 청년경영자모임' 명의의 초청장이다.

철민은 쓴웃음을 짓고 말았다. 모임에 간다는 생각은 전혀 없어서 나중의 핑계부터 떠오른다. 급한 스케줄이 생겨서 못 갔다고 하면 그만이리라.

그때 다시 한 통의 메시지가 들어온다. 역시나 나인태 회장으로부터다.

'이 양반도 참……!'

영 성가시다. 그러나 열어봤다는 정도의 성의는 표시해야겠기에 일단 메시지를 열었다.

명단이다. 모임에 참석할 인물들의 명단이리라. 그리고 참석자들의 화려한 면면을 보고 나면, 모임에 갈 마음이 확 생기리라는 나인태 회장의 의도이리라.

철민이 눈길을 줄 것도 없이 곧장 휴대폰을 끄려는데, 명단

중에서 그의 눈길을 확 잡아당기는 이름 하나가 있었다.

서범준.

그 이름 옆에는 진성그룹이라고 병기되어 있었다. 그다. 철민이 알고 있는 바로 그 서범준!

철민의 뇌리로, 좀 전에 흘려들었던 나인태 회장의 말들이 확연하도록 재생되고 있다.

—혹시 또 아오? 파트너도 동반할 수 있다니까, 혹시 사귀고 있는 아가씨가 있다면 이런 기회에 공주님 대접도 한번 하고 말이오. 하하하!

그리고 철민의 생각은 갑자기 그 스스로도 미처 생각지 못한 쪽으로 흐르기 시작한다.

'파트너를 동반한다면? 그녀가 함께 올지도 모른다? 그럼… 가볼까?'

퍼뜩 떠오르는 생각에 철민은 제 풀에 놀라 고개를 흔든다.

그러나 이미 늦어버린 것 같다. 잔뜩 눌러놓은 스프링이 한순간에 튕기는 것처럼, 그 한순간의 충동은 삽시간에 덩치를 키운다. 도저히 외면하기 어려울 정도로!

'아아……!'

절로 탄식이 나온다. 그러나 그의 상념은 이미 제멋대로 길을 헤치고 나아가고 있다.

그것은, 그 충동은, 마지막으로 한 번만 더 그녀를 보고 싶다는 욕심이었다. 너무도 간절하여, 도저히 억제할 수 없는 욕구다.

중호를 다시 만나다

퍼시픽호텔.

철민은 30분쯤 늦게 도착했다. 모임이 시작되고 난 다음 표시 나지 않게 슬쩍 섞여 들어갈 작정이었다.

[21세기 청년경영자모임 전용 주차장은 지하 4층입니다!]

호텔 지하 주차장 입구에서부터 커다란 입간판으로 한눈에 들어오도록 안내되어 있었다.

그걸로도 모자라 지하로 내려가는 통로 벽면에 화살 표시와 함께 '21세기 청년경영자모임 주차 구역'이란 안내판이 약 10미터 간격으로 계속 붙어 있다.

안내판을 따라서 지하 4층까지 내려가자 주차 구역으로 들어가는 입구에 서 있던 안내 요원들이―검은색 정장에 인이어 이어폰을 낀 모습으로 보아 안내 요원이라기보다는 경호원이라고 하는 게 더 어울릴 듯도 하나―정지 신호를 보낸다.

철민은 선글라스를 꼈다. 그는 지금 강일권의 얼굴이다. 'PAR투자운용 대표 강이권'과는 다른 얼굴 때문에 문제가 생길 일이야 딱히 없을 것 같지만, 그래도 혹시나 해서 선글라스를 챙겨온 것이었다.

철민이 반 뼘도 안 되게 창문을 내린다.

"21세기청년경영자모임에 참석하십니까?"

안내 요원이 정중한 투로 물었다.

"그렇소만?"

철민이 가볍게 반문했다.

안내 요원은 한층 정중한 태도를 취한다.

"죄송합니다만, 초청장을 좀 확인해도 되겠습니까?"

"뭐가 이렇게 번거로워요?"

철민은 슬쩍 언짢은 체를 했다.

그러자 안내 요원은 마치 모든 말을 그렇게 시작하도록 정해져 있기라도 한 것처럼,

"죄송합니다만……!"

하고 먼저 뱉고 나서 다시 덧붙인다.

"외부인들의 접근을 철저히 통제하기 위해서이니 협조해 주시기 바랍니다."

철민이 순순히 창틈으로 초청장을 건넨다. 나인태 회장에게 메시지로 받은 것을 출력한 것이다.

안내 요원은 유심히 철민의 얼굴을 살폈다.

그러나 설마하니 모임 참석자들 모두의 사진을 미리 확보해 두고 일일이 확인을 하지는 않을 터였다. 그리고 만약 그렇다고 하더라도 좁은 창틈으로, 그것도 선글라스까지 낀 얼굴을 제대로 확인하기는 어려울 테고!

어쨌든 그런 측면에서 철민이 미리 선글라스를 준비한 것은 잘한 일이었다.

철민이 슬쩍 이마에 주름을 만들어 불쾌하다는 내색을 비쳤다. 그러자 안내 요원이 얼른 초청장을 돌려주며 허리를 숙인다.

"협조해 주서서 감사합니다. 주차 안내해 드리겠습니다. 저를 따라오십시오!"

안내 요원이 뜀걸음으로 앞장서며 주차를 유도한다.

철민이 차로 따라가면서 보니, 모임 참석자들을 위한 전용 주차 구역은 4층 주차 구역 전체의 약 절반 정도나 될 만큼 넓다.

또한 한 대 건너 한 대를 대는 방식으로 차량 한 대당 주차 공간을 아주 널찍하게 할당해 놓았다. 그리고 각각의 주차 공간에는 참석자의 이름이 적힌 커다란 입식 안내판이 서 있다.

[세진그룹 강이권]

'세진그룹'이라는 타이틀은 마음에 들지 않았다. 그러나 어쨌든 세진그룹의 이름을 빌려서 오게 된 것은 사실이니, 굳이 유감을 가질 필요는 또 없을 것이다.

어쨌거나 철민이 늦게 와서 그렇겠지만, 차들이 다 주차되어 있고 두어 군데만 비어 있었으니, 굳이 안내 요원의 유도가 없었더라도 그를 위한 주차 공간을 금방 찾아낼 수 있었을 것이다.

철민이 차를 주차하고 내리면서 보니, 좀 전의 그 안내 요원 외에도 같은 복장을 한 세 안내 요원이 차 근처로 다가와 있었다. 그리고 철민은 안내 요원들의 모자에서 지금까지는 미처 보지 못했던 노란 색실로 박힌 글자와 숫자들을 본다. 예컨대, '안내 요원 B411'라는 식이다.

또한 그 모자들마다의 숫자가 다른 것으로 보아 아마도 그것은 안내 요원들 각각의 인식 번호쯤 되는 모양이었다.

어쨌든 철민이 제 풀에 켕기는 것이 있는지라, 괜히 선글라스를 고쳐 쓴다. 그러고는 태연한 척 걸음을 뗀다.

그런데 순간 그는 다시 뭔가 찜찜한 느낌이 들었다. 그가 걸음을 내디딘 순간, 그들 네 명의 안내 요원이 반사적으로 내비친 반응 때문이다. 경계랄까, 혹은 적의(敵意)랄까?

철민 또한 반사적으로 경계심을 가지게 되었지만, 굳이 표를 내지는 않고 모르는 체 스쳐 지나가는 눈길로 사내들의 면면을 훑는다. 그러나 다음 순간 그는 흠칫 놀라고 말았다. 사내들 중 하나 때문이다.

B401. 그자의 모자에 찍힌 영문자와 숫자다. 그러나 적어도 사내에 관한 한, 그런 인식 번호는 전혀 필요하지 않을 듯했다.

'땅딸막한 키에 정장 윗도리가 터져 나갈 듯 우람한 상체가 마치 드럼통인 듯했고, 머리카락 한 올 없이 완전히 밀어버린 머리로 인해 몹시도 위압적인 인상의 사내!'

그것만으로도 사내를 특정 짓기에 충분하기 때문이다.

더욱이 그 사내는 철민이 이미 아는 자였다. 아니, 결코 잊을 수 없는 자였다.

바로 중호였다.

찰나간 철민과 중호의 시선이 마주쳤다. 순간,

찌르르!

감전이라도 된 듯 한 줄기의 전율이 철민의 전신을 관통했다. 그때 중호가 슬쩍 시선을 피해준 것은 다행이었다. 그 덕에 철민은 겨우 침착함을 유지할 수 있었다.

함정

끼이이익!

사뭇 격렬한 타이어 마찰음을 내며 차 한 대가 급하게 와서 섰다.

서른 중반쯤 되었을까? 밝은 톤의 연청색 재킷 차림에 금테 안경을 쓴 사내 하나가 급브레이크를 밟은 것치고는 사뭇 느긋하게 차에서 내린다.

"주차 좀 부탁합시다!"

금테 안경의 사내가 시동이 그대로 걸려 있는 차를 가리키며 말했다.

금테 안경의 사내 때문에 중호 등 안내 요원들과 철민 사이의 긴장이 일시 흐트러졌다. 그리고 그제야 자신의 본분을 되새긴 듯 안내 요원 중 하나가 빠르게 금테 안경에게로 다가간다.

"잠깐만… 죄송합니다만, 초청장을 좀 확인해도 되겠습니까?"

금테 안경이 피식 웃으며 턱짓으로 차 안쪽을 가리킨다.

"초청장? 아마도 차 안 어딘가에 있을 테니까, 알아서 확인하시든가?"

그리고 금테 안경은 짐짓 서두르는 듯 빠른 걸음으로 엘리베이터 쪽을 향해 간다.

철민이 재빨리 금테 안경의 뒤를 따라붙는다.

그러자 안내 요원 셋이 또한 반사적으로 철민을 쫓으려 했는데, 그때 중호가 가볍게 손짓해서 두 명은 멈추게 하고, 나머지 한 명에게만 철민의 뒤를 따르도록 지시했다.

철민이 엘리베이터 앞으로 갔을 때, 한발 먼저 와 있던 금테 안경은 설핏 짜증스러운 표정을 짓고 있었다. 아마도 엘리베이터가 한참이나 위층에 머물러 있는 까닭인 모양이다.

"두 분! 연회장까지 안내해 드리겠습니다!"

철민을 쫓아온 안내 요원이 엘리베이터 가까이로 슬쩍 붙어 서며 말했다. 그의 모자에 '안내 요원 B411'이라는 인식 번호가 찍혀 있다.

금테 안경이 사뭇 노골적으로 짜증을 뱉어낸다.

"엘리베이터를 타고 올라가면 곧바로 연회장인데, 안내는 무슨……? 괜찮으니까, 그쪽은 그쪽 볼일이나 보세요!"

"죄송합니다만……"

안내 요원 B411이 예의 그 서두를 떼고 나서 다시 말을 잇는다.

"저희가 지시받은 매뉴얼상 연회장까지 안내해 드리도록 되어 있습니다. 협조해 주시기 바랍니다."

금테 안경이 안내 요원 B411을 힐끗 노려본다. 그러나 그는 귀찮다는 듯이,

"그래요? 뭐, 그럼 그러시든가……!"

툭 말을 뱉고는 시선을 다른 데로 돌려 버린다.

그러는 사이에 엘리베이터가 도착했다.

엘리베이터가 부드럽게 상승을 시작하자 금테 안경은 그제야 철민에게 관심이 생기는지 철민의 위아래를 훑어본다.

금테 안경의 그런 모양새에서 괜히 말이라도 걸까 싶어 철민은 슬쩍 몸을 틀어 엘리베이터의 옆 벽면을 보고 섰다.

그것이 불쾌했는지 금테 안경은 바지 주머니에 양손을 찔러 넣고 삐딱하게 다리를 짚더니 잠시 철민을 쎄려본다. 그러더니 피식 비웃으며 철민과는 반대쪽 벽면을 향해 몸을 돌려 버린다.

안내 요원 B411이 또한 정면의 벽면만 바라보고 서 있으니, 엘리베이터 안의 분위기는 영 어색하고 껄끄러웠다.

그런 와중에도 철민의 머릿속은 바쁘게 돌아갔다.

'얼굴은 모른다. 그러나 신분은 안다……?'

중호는 지금 자신을 노리고 있는 것이 분명하다. 그러나 지금 자신의 모습이 외부적으로 거의 노출된 바 없는 강일권이라는 점에서, 중호가 자신을 노리는 이유나 목적에 대해서는 다른 각도로 추정해 볼 필요가 있었다.

'그렇다면… 강이권을 노린다? 그리고 강이권이 지금 이 시간에, 이 장소에 나타날 걸 미리 알고 기다리고 있다……?'

뭔가 구린 냄새가 난다. 눅눅한 음모의 냄새다.

'그럼, 나 회장이……? 나 회장이 강이권을 노린다?'

그를 여기에 오게 만든 것은 나 회장이다. 그리고 그는 여기에 온다는 사실을 다른 누구에게도 말하지 않았다. 한상운에게도! 심지어는 미후도 따돌리고 온 것이다. 철민은 빠르게 결론을 향해 접근해 갔다.

'이제 태성이 거의 다 무너진 형국이니, 토사구팽이라는 건가? 그러나… 그런 모험을 하기에는 아직 너무 빠르지 않은가? 실패했을 경우의 리스크가 클 거라는 것을 결코 모르지는 않을 터인데……? 혹시 태성이? 태성 쪽에서 나 회장에게 도저히 거부할 수 없는 조건의 어떤 전격적인 제의를 했다? 그 대가로 나 회장은 강이권을 함정으로 끌어들이는 역할을 맡은 것이고……?'

Love M.B.W

25층.

엘리베이터에서 내렸는데 층 전체에서 은은한 음악 소리가 흐르고 있었다. 음악은 앞쪽으로 보이는 검은색의 크고 두터운 문 안쪽으로부터 흘러나오고 있었다.

"이쪽으로……!"

안내 요원 B411이 얼른 나서며 금테 안경과 철민의 앞장을 선다.

예의 그 검은색 문 앞은 대여섯 명이나 되는 검은색 정장 차림의 사내가 지키고 서 있었다. 연회장의 출입을 통제하는 보안 요원들인 모양이다. 보안 요원 중의 하나가 철민 등의 앞을 가로막는다.

"초청장을 보여주십시오!"

금테 안경이 짜증스럽게 받았다.

"이런, 씨……! 오늘따라 다들 왜이래? 뭐가 이렇게 번거로워? 당신, 나 몰라? 내가 누군지 모르냐고?"

그 소란에 옆에 있던 다른 보안 요원 하나가 재빨리 다가온다. 앞머리가 조금 벗겨져 나이가 좀 들어 보이는 데다, 사각형의 턱이 충직해 보이는 인상이다. 아마도 보안 요원들 중 책임자쯤 되는 모양이다.

"아! 대현그룹의……?"

그 말에 금테 안경이 그제야 자신을 알아주는 사람을 만나 반갑다는 듯 가볍게 어깨를 으쓱해 보인다.

사각턱이 가볍게 고개를 숙여 보이며 덧붙였다.

"들어가십시오!"

금테 안경이 양복의 옷깃을 한번 추어올리고는 짐짓 느긋한 걸음으로 보안 요원이 열어주는 문으로 들어갔다.

"일행이십니까?"

사각턱이 철민에게 물었다. 금테 안경과 일행이냐는 뜻일 터였다. 그에 대해 철민이 뭐라고 대답도 하기 전에,

"나 그 사람 몰라요!"

문 안쪽으로 걸어가던 금테 안경이 뒤돌아보면서 퉁명스럽게 말했다.

철민이 쓰게 웃으며 초청장을 꺼낸다.

"여기⋯⋯!"

"아⋯ 세진그룹에서 오셨군요? 성함이⋯⋯?"

"강이권이요!"

"잠시만요⋯⋯!"

사각턱이 상의 주머니에서 종이쪽지 하나를 꺼내 재빨리 확인하고는 말한다.

"세진그룹의 강이권 님! 확인되었습니다! 들어가십시오!"

철민은 천천한 걸음으로 문 안으로 들어선다.

"당신은 뭡니까?"

등 뒤에서 들리는 소리는 안내 요원 B411에게 묻는 말이리라.

"아⋯ 예! 저는⋯ 주차장 안내 요원인데요⋯⋯."

"뭐요? 주차장 안내 요원이 왜 여기에 와 있어요?"

사각턱의 말투에 타박이 묻어 있었다.

"그게… 방금 들어간 두 분을 안내해 드리려고……."

안내 요원 B411의 대답이 사뭇 궁색하게 들렸다.

"거참! 안내는 무슨 안내를 한다고……? 어쨌든 당신은 그만 주차장으로 내려가 보시오!"

"예, 예! 알겠습니다!"

등 뒤로 문이 닫히면서 바깥으로부터의 소리들이 차단되었다.

넓은 홀이다.

연회장으로 꾸며진 홀의 분위기는 철민에게 사뭇 이중적으로 다가왔다. 뭐랄까, 우아한 분위기이면서도 한편으로는 역동적인 자유로움으로 가득 차 있다고 할까?

화려하게 장식된 인테리어와 소품들, 리듬감 넘치는 음악, 코끝을 스치는 향기로운 와인향, 그리고 곳곳에서는 젊은 남녀들이 군데군데에서 작은 파티들을 이루어 자유롭게 와인과 음식을 즐기고 있다.

파티들 중 몇 군데에서는 벌써부터 한껏 기분이 고조된 듯 부드럽게 그루브를 타면서 몸을 흔들고 있는 모습도 보였다. 철민과 엘리베이터를 함께 타고 왔던 금테 안경이 한 무리에 합류해서 웃고 떠드는 모습도 보인다.

철민은 한쪽 구석에 홀로 자리를 잡았다.

다행히도 그런 그를 의아하게 보는 시선은 없는 것 같다.

하긴 자타 공인 최상위층에 속하는 젊은이들의 노블레스 시크릿 사교 파티이니, 개중에는 서로 안면이 있거나 마음에 맞는 사람들과 어울리며 얘기를 즐기는 이들도 있을 것이고, 혹은 이런 기회에 안면을 넓히고 인맥을 쌓으려고 자리를 옮겨 다니며 여러 사람들과 대화를 시도하는 이들도 있을 것이며, 또 혹은 이것저것 다 귀찮아서 그냥 구석에 자리를 잡고 누가 누구인지 얼굴이나 익혀놓았다가 나중에 따로 교분을 터야겠다는 내성적이고 소극적인 부류도 한둘쯤은 있지 않겠는가?

잠시 홀을 훑어보는 것만으로 철민은 어렵지 않게 그녀를 발견했다.

황유나! 베이지색 원피스 차림인 그녀는 다른 여자들의 화려하고 세련된 옷차림에 비해서는 그저 밋밋해 보이기도 했다.

그러나 온통 화려함으로 가득한 곳에서 굳이 화려하게 꾸미지 않고 그저 평범한 그녀의 차림은, 오히려 은연중에 사람들의 주목을 이끄는 데가 있었다. 더욱이 그녀 본연의 늘씬한 실루엣과 아름다운 미모가 더해지자, 그녀의 평범한 원피스 차림은 오히려 감각적인 패션 센스로 돋보였고, 그럼으로써 그녀에게서는 우아하고 도도한, 그야말로 상류층 여인의 분위기가 은은하게 풍기는 듯했다.

철민에게 지금과 같은 황유나의 모습과 느낌은 처음이다. 그리하여 어색하고 낯설었다.

그가 아는 그녀에게는 수수함이 있었다. 또한 초급 기자로서 아직까지는 멋 부릴 여유를 가지지 못하는 털털함이랄까, 혹은 당돌한 열정이랄까 그런 게 있었다.

그는 아직도 또렷하게 기억하고 있다. 그날, 초등학교를 졸업한 지 14년 만에 그녀를 만나던 날을! 동창회를 가던 길의 그 사거리 횡단보도에 서 있던 그녀의 모습을!

그때 그녀는 낮은 굽의 검은색 구두에 검은색 바지, 그리고 흰색 블라우스 위에 걸친 밤색 재킷. 그다지 멋을 부린 것 없이 그저 수수한, 사무직으로 일하는 여성들의 흔한 차림이었다. 그럼에도 TV에 나오던 모습보다 훨씬 더 아름다웠고, 무엇보다도 14년 전 그때처럼 여전히 빛나는 모습이었다.

서범준의 모습도 있었다. 그녀의 곁에 선 그는 활달하게 주변 사람들과 웃고 얘기하고 있었다. 늘 대화를 주도하던 이전의 모습 그대로다. 그가 이따금씩 그녀에게도 말을 시키면서 대화에 끌어들이려고 유도하는 모습도 보인다. 혹시 그녀가 소외되지 않도록 세심히 배려하는 것이리라.

그러나 그녀는 그저 잠깐씩 웃는 얼굴을 보일 뿐이다. 웬일인지 내키지 않은 웃음인 것만 같다. 그런 그녀에게서는 가라앉아 차갑기까지 한 느낌마저 설핏 드는 것 같다. 적어도 철민에게는 그렇게 보였다.

그러나… 그럼으로써 그녀에게서는 오히려 도도한 품격 같은 것이 풍겨나는 듯했고, 그로 인해 서범준과는 한 쌍의 커플로서 아주 잘 어울려 보였다.

철민은 문득 한곳에 시선을 고정시켰다.

그녀의 왼손 약지에 낀 반지다.

그녀의 반지가 그의 동공에 가득 차도록 또렷이 확대되는 느낌이다.

그러더니 이윽고는 그것의 표면에 새겨진 글자들이 선명히 읽혀진다.

[Love M.B.W]

순간 온몸의 피가 세차게 흘렀다.

그리고 휘청 다리가 풀리고 말았다.

"아아……!"

억눌린 탄식이 흘러나온다.

그는 마음속으로 힘겹게 되뇐다.

'Love My Brave Warrior! 사랑합니다! 나의 용감한 용사!'

그때였다.

그녀가 흘깃 이쪽을 바라보고 있다.

그녀의 시선에서 도망치듯이 철민은 반사적으로 고개를 돌려 버린다.

그러나 그의 그런 당황이 오히려 주의를 끌었던지 그녀는 계속 그에게로 시선을 준다.

이윽고 그는 안절부절못하는 심정이 되고 만다.

자신은 지금 강일권의 모습이고, 그런 만큼 그녀가 자신을 알아볼 리는 결코 없다는 계산은 미처 해볼 겨를이 없었다.

홀 안에 흐르던 음악이 갑자기 멈추더니, 스피크 소리가 울린다. 누군가 홀 앞쪽의 작은 무대 위에 올라 마이크를 잡고 있다.

황유나의 시선이 무대 쪽으로 옮겨져 간다.

"여러분! 저는 오늘 모임의 사회를 맡은 황충현입니다. 몇 가지 안내해 드릴 말씀이 있으니, 잠시만 주목해 주십시오! 그리고 진성그룹 서범준 전무와 황유나 씨는 잠시 무대로 올라와 주십시오!"

모두의 시선이 집중된 와중에 서범준이 황유나의 손을 이끌며 무대로 오른다.

"여러분! 이 두 분께서 조만간 약혼을 한답니다. 모두 박수로 축하해 주십시오!"

사회자의 멘트에 장내의 모두가 일제히 박수와 함께 환호한다. 몇 가닥의 요란스런 휘파람 소리도 울린다.

서범준이 좌중을 향해 가볍게 허리를 숙여 보였다. 그리고 다시 손을 들어서 인사를 했다.

황유나는 두 손을 가지런히 모은 채 조신하게 서 있었다.

철민에게 그녀의 그런 모습은, 마치 지금의 상황이 그녀가 전혀 짐작하지 못했던 깜짝 이벤트 같은 것이어서 몹시 당황한 것처럼 보이기도 했다.

그러나 철민은 이내 쓴웃음을 짓고 말았다. 그의 그런 생각이, 이런 순간에까지 가져보는, 철저히 그 자신 위주의 합리화 내지는 유치하기 이를 데 없는 욕심 같은 것일 뿐, 막상 그녀는 차분하게 기품을 지키고 있는 것이리라는 생각 때문이다.

어쨌거나 그녀는 여전히, 아니, 더욱 돋보이고 있다. 그녀다웠다. 공주다웠다. 비록 이제는 그의 공주가 아니지만!

이제는 그만 떠나주어야 할 때였다. 그 두 사람을 축하하며! 그녀의 행복을 빌어주며!

견디기 힘든 서글픔이 밀려든다. 더욱 초라해지기 전에, 철민은 서둘러 자리를 뜬다.

그런데 그가 입구 쪽을 향해 몇 걸음을 옮길 때였다.

"자! 여러분! 다음으로는, 이번에 새롭게 우리 멤버가 되신 몇 분을 소개해 드리는 시간이 되겠습니다! 지금부터 제가 호명하는 분들은 무대로 올라와 주시기 바랍니다! 김일호 씨!

서정훈 씨! 윤여길 씨!"

철민은 걸음을 빨리했다. 사회자의 호명이 그의 등을 떠미는 것만 같다.

"강이권 씨!"

자신의 이름이 불리는 것을 들으며, 철민은 연회장을 빠져나갔다.

제10장
처단

첩보

　—강 대표 지금 어디 있어?

　휴대폰 저편 박윤호 팀장의 목소리에는 충분히 알아차릴
만큼의 서두름이 서려 있었다.

　한상운이 지레 긴장하며 대답했다.

　"지금 잠시 외출 중입니다."

　—외출? 어디로?

　"개인적인 일이라고만……."

―뭐, 개인적인 일?

박윤호 팀장의 목소리가 날카롭게 올라간다.

한상운이 곤혹스럽게 덧붙인다.

"미 실장이 수행하고 있을 겁니다!"

―허허! 있을 겁니다?

그리고 박윤호 팀장은 이윽고 폭발하고 만다.

―야! 한상운! 강 대표 동향 관리는 니 임무 아냐? 뭐, 미 실장이 수행을 하고 있다고? 그래서 넌 안심하고 있어도 된다는 거야? 미 실장, 미후가 누군데? 그녀에 대해서 니가 아는 게 뭔데? 도대체 그녀의 뭘 믿고 니 임무를 그녀한테 미뤄? 너, 언제부터 그렇게 빠졌어? 니가 그러고도 내 팀원이라고 할 수 있어? 이 일 더 이상 안 할 생각이야? 그럼 그렇다고 진즉에 얘기를 하든가?

정신없이 쏟아지는 질책을 한상운은 대꾸 한마디 하지 못하고 묵묵히 듣고만 있다. 박윤호 팀장이 이처럼 불같이 노하는 데는 분명 그럴 만한 이유가 있을 것이었다.

―지금 당장 강 대표 찾아! 모든 수단을 다 동원해서 찾으라고! 그리고 강 대표의 위치가 파악되는 대로 즉시 보고해!

박윤호 팀장이 빠르게 지시했다.

한상운은 그제야 차분하게 묻는다.

"팀장님! 무슨 상황인지 간략하게라도 말씀을 좀 해주십시오!"

박윤호 팀장이 퉁명스럽게 받는다.

―태성그룹 쪽에서 첩보가 접수됐어! 정태수 회장이 강 대표를 노리고 있는 모양이야!

"예? 바로 얼마 전에 윤호균 전무가 실패했는데, 또다시 그런 시도를 한다는 말입니까?"

―지금 그룹이 통째로 와해되고 있는 판국이야. 그리고 이미 강 대표가 이 모든 사달의 정점에 서 있다는 결론에 도달했을 테니, 그쪽 입장에서야 이판사판으로 나올 수도 있는 거지. 그리고 지난번 윤호균 전무를 통해 태성그룹의 기밀들이 대거 누출된 것과 관련해서, 그쪽에서도 강 대표를 통해 마지막으로 어떤 기사회생의 묘수를 찾아보려는 시도일 수도 있을 테고! 설령 묘수를 찾지 못한다고 하더라도 강 대표에게 보복이라도 하겠다는 것이겠지!

"그렇지만 이미 태성의 방계 조직들까지 낱낱이 까발려져서 검찰의 수사망에 포착되어 있는 마당인데, 이런 일에 동원할 조직이 아직 남아 있을까요?"

―국내에서야 그렇지! 그런데 정태수 회장 말이야! 해외 쪽으로도 꽤나 교류가 있었던 것 같더라고! 특히 삼합회 쪽의 계파들과 오랫동안 교류가 있어 온 것으로 보이는데, 아마도 그쪽으로 손을 썼을 가능성이 커!

"음… 그럼 국제 정보 파트에 조사 의뢰부터 해야 하는 것 아닙니까?"

―의뢰야 벌써 했지. 그렇지만 그쪽의 결과만 기다리고 있기엔 뭔가 상황이 촉박한 것 같은 느낌이 든단 말이지. 만약에 저쪽에서 국제적으로 암약하는 프로페셔널 킬러 조직이라도 동원했다면 문제가 간단하지 않잖아? 놈들에 대한 정보가 전혀 없는 상태에서는, 솔직히 우리가 대처할 수 있는 방법이 없지 않느냐는 거지. 그나마 지금 시점에서 우리가 할 수 있는 최선이라 해봐야 선제적으로 강 대표의 신변 관리에 철저를 기하는 것밖에 더 있겠어? 그러니까 일단은 강 대표부터 찾으라고! 최대한 빨리!

한상운은 전화를 끊고 나서 곧바로 철민의 휴대폰으로 전화를 걸었다. 그러나 철민의 휴대폰은 아예 전원이 꺼져 있었다.

한상운은 뭔지 모를 불안함이 훅 덮쳐드는 것만 같았다. 그러나 막막하다. 휴대폰 외에는 철민에게 연락할 다른 방법이 없다.

미후의 전화번호는 아예 알지도 못했다. 생각해 보면, 지금껏 그녀에게 전화를 걸 필요성을 한 번도 느껴보지 못했다는 사실이 의아했다.

그녀는 언제나 철민과 함께 있었기에, 심지어는 보이지 않을 때조차도 철민의 가까이 어딘가에 있었기에 어떤 당연한 익숙함에 매몰되어 있었던 것이리라.

그때였다.

한상운의 휴대폰이 울렸다. 모르는 번호다. 만약 그것이 그가 가진 두 대의 휴대폰 중 박윤호 팀장과 강혁수, 그리고 철민과만 통하는 전용 휴대폰이 아니었다면 그는 전화를 받지 않았을 것이다.

―저예요!

미후의 가라앉은 목소리였다.

"대표님은요?"

한상운이 곧장 물었다.

―저도 몰라요!

그 대답에 한상운은 가슴이 철렁 내려앉는다. 뭔가 일이 터지긴 터진 것이다. 차분해지려 애쓰며 그가 다시 묻는다.

"모른다니, 그게 무슨 말입니까? 도대체 어떻게 된 겁니까?"

―대표님이 혼자 가시겠다고 해서…….

"뭐요? 아니, 그렇다고 정말 대표님 혼자 가시게 두었단 말입니까? 미 실장의 임무가 도대체 뭡니까?"

한상운의 목소리가 대번에 높아졌다.

미후는 굳이 대답하지 않았다. 사실 철민이 혼자서 움직이겠다고 작정한 이상, 그녀로서도 딱히 말릴 방법은 없었다. 철민 모르게 따라갈 능력도 되지 않거니와 철민이 마음만 먹으면 얼마든지 그녀를 따돌릴 수 있을 것이니 말이다.

그러나 그런 사정을 한상운에게 설명할 자신 또한 그녀에게는 없었다. 함부로 말할 사항도 아니고!

—대표님이 한 시간쯤 걸릴 거라고 말씀하셨는데, 연락이 끊어진 지 이미 두 시간이 넘었습니다. 아무래도 예감이 좋지 않습니다. 제 쪽에서도 총력을 동원해 추적하고 있는 중이지만, 한 실장님 쪽에서도 조치를 취해 주시기 바랍니다!

그리고 미후는 곧바로 전화를 끊었다. 한상운의 대답을 기다리지 않고!

이건… 아무래도 마음에 들지가 않아!

연회장 입구의 보안 요원들을 지나치면서 철민은 슬쩍 주변을 훑는다. 역시나 있었다. 그를 따라왔던 그 지하 주차장의 안내 요원 B411 말이다.

안내 요원 B411은 건너편 화장실로 가는 통로 쪽에 있다가 철민이 연회장 밖으로 나오는 것을 보고는 재빠르게 통로 안쪽으로 몸을 숨기고 있다.

철민은 모르는 체하며 엘리베이터 쪽을 향해 걷는다. 그리

고 그가 엘리베이터 앞에 도착했을 때, 뒤를 돌아보지는 않았
지만 엘리베이터 출입문의 금속 표면에 뒤쪽의 광경이 비친다.

안내 요원 B411은 화장실 쪽 통로에 반쯤 몸을 숨긴 채로
철민을 살피면서 휴대폰으로 통화를 하고 있었다. 아마도 철
민의 동향을 어디론가 보고하는 것이리라.

잠시 후, 비상구 쪽에서 안내 요원 복장을 한 두 명이 새로
이 모습을 나타내더니 안내 요원 B411과 합류한다. 다만 금속
표면에 비치는 윤곽만으로도 철민은 그들 중 중호가 없음을
알 수 있었다.

철민은 급한 일이 있어 엘리베이터를 기다릴 여유가 없다는
듯 성큼성큼 큰 걸음으로 엘리베이터 앞을 떠난다. 그리고 잰
걸음으로 비상구로 가서, 신속하게 계단을 내려간다.

한 층 아래. 그는 비상구의 철문을 벽 쪽으로 끝까지 열어
젖힌 뒤 그 뒤쪽으로 몸을 숨긴다.

타다다닥!

비상계단을 급하게 뛰어 내려오는 발소리들이 들린다. 소리
를 죽이려 애쓰는 모양새였지만, 비상계단 자체가 워낙 갇힌
공간이라, 소리는 공간 전체에 나직한 울림을 만들었다.

철민은 소리에 집중한다. 발소리는 셋이다. 그중 하나가 그
가 숨은 철문 앞을 지나 비상구 바깥으로 나간다. 그리고 나

머지 둘은 계속 아래층으로 뛰어 내려간다.

철민이 조용히 문 뒤에서 나온다. 그때였다. 비상구 바깥으로 나갔던 자가 다시 안으로 들어오고 있다. 철민과 그자의 시선이 딱 마주쳤고, 순간 그자는 당황한 와중에도 반사적으로 철민을 향해 주먹을 날린다. 그러나 그는 미처 주먹을 제대로 뻗지도 못했다.

퍽!

철민의 완빤치가 그대로 그자의 관자놀이에 틀어박혔다. 그런데 맥없이 고꾸라지던 사내가 하필이면 계단 아래로 굴러떨어진다.

우당탕!

요란한 소리가 통로를 울린다.

두세 층쯤을 뛰어 내려가던 발소리들이 일순 멈춘다. 그러고는 곧장 다시 위층을 향해 돌아오는 소리로 바뀐다.

철민은 개의치 않고 천천히 계단을 걸어 내려간다. 그가 중간쯤에서 계단의 방향이 바뀌는 평지에 도달했을 때, 마침 아래쪽에서 계단을 올라오던 두 사내와 마주친다,

사내들이 거친 숨을 고르며 서로 눈빛을 교환한다. 그리고 다음 순간, 둘은 그대로 계단을 뛰어 오르며 철민에게로 덮쳐든다.

퍼퍽!

좌우로 두 번의 완빤치가 작렬했다.

예외 없이 두 사내가 바닥으로 고꾸라지며 의식을 놓는다.

"어이, 김호성! 거기 있나?"

두 층쯤 아래에서 누군가 묵직한 소리로 외친다.

철민은 그 목소리를 곧바로 기억해 낼 수 있었다. 중호였다.
새삼 피가 끓는 느낌이었지만, 그는 차분하게 흥분을 가라앉
힌다.

철민은 천천히 역용을 풀었다. 다시 강이권으로, 철민 자신
의 얼굴로 돌아온 것이다.

철민은 선글라스를 꼈다. 그리고 천천히 계단을 걸어 내려
간다.

"강이권!"

몇 계단 아래쪽에서 중호가 차갑게 불렀다.

철민은 천천히 선글라스를 벗는다.

중호는 언뜻 의아해하는 기색이었다. 그리고 잠시 찬찬히
철민을 살피던 그는 문득 당황스러운 기색으로 변하며 말을
뱉는다.

"넌……?"

철민은 대답 대신 느릿하게 고개를 끄덕여 준다. 비록 한
음절에 불과했지만, 그것만으로도 중호가 자신을 알아보았음

은 충분히 느낄 수 있었기 때문이다.

"김철민! 역시 살아 있었던가……?"

중호가 탄식처럼 중얼거렸다. 이어 그는 새삼 당황스럽다는 듯이 덧붙였다.

"그렇지만 네가 어떻게 여기에 있는 거지? 가만… 혹시 네가 강이권……?"

철민은 다시금 묵묵히 고개를 끄덕여 준다.

중호는 잠시간 납득하기 어렵다는 표정을 짓고 있다가는 애써 표정을 추스르며 물었다.

"어떻게 된 일인지 말해줄 수 있나?"

철민은 희미하게 웃음기를 떠올리는 것으로 대답을 대신한다. 그가 그런 데 대해 굳이 설명해 줄 필요란 조금도 없었다.

중호가 얼굴에 떠올렸던 의아함을 지운다. 그리고 그 역시 가벼운 웃음기를 떠올리며 말한다.

"이런 곳에서 이렇게 또다시 보게 되다니, 우리의 악연이 꽤나 질긴 것 같군!"

철민이 비로소 담담하게 받는다.

"그 악연! 이번으로 끝날 것이다!"

중호가,

"흐흐흐!"

하고 나직한 소리로 웃고 나서 차갑게 말을 잇는다.

"그래! 그래야겠지? 너의 좋았던 운도 이번이 마지막이어야 겠지?"

말끝에 중호가 재빨리 품속을 더듬는다. 그리고 그의 손에는 권총 한 자루가 들려 있었다. 총구 쪽에 길쭉한 소음기가 달린 형상이다.

철민은 설핏 긴장한다. 그러나 당장 반응할 필요는 없었다. 그는 스스로를 믿는다. 좀 더 정확하게는 한층 강력해진 슬비를 믿는다. 비록 중호의 손에 권총이 들려 있지만, 그가 방아쇠를 당기기 전에 어떻게든 제압할 수 있으리라 믿는다.

"제기랄! 네가 그냥 강이권이었다면, 총알 한 방으로 간단히 끝냈을 거다. 그렇지만 너라면, 김철민이라면 얘기가 좀 다르지!"

중호가 문득 투덜거리듯이 뱉었다. 그리고 그는 겨누고 있던 권총을 아래로 내리며 덧붙인다.

"이건… 아무래도 마음에 들지가 않아! 김철민! 넌 그렇지 않나?"

영문 모를 행동에 다시 뜻 모를 물음이다. 그러나 철민은 그저 묵묵히 중호의 행동을 보고만 있다.

중호가 희미하게 웃으며 다시 묻는다.

"지난번, 나는 많이 아쉬웠다. 넌 그렇지 않았나?"

그리고 중호는 빤히 철민의 눈을 응시한다. 그런 중호의 두 눈에 뜨거운 열기가 번지고 있다.

철민은 그제야 어림짐작이나마 중호의 생각을 알 듯도 했다.

중호가 다시 말을 잇는다.

"그때 그 바닷속에서 마약과 너의 시체가 같이 사라진 걸 확인하고, 난 혹시나 네가 죽지 않았을 가능성을 점쳤었다. 그리고 이후로 언젠가 너와 다시 한 번 화끈하게 붙어보는 광경을 그려보곤 했었지."

중호의 눈빛이 강해진다.

"어때? 그날 내지 못했던 승부! 지금 제대로 한번 내볼 생각 없나? 물론 그렇다고 결과가 달라지는 건 없을 거야. 오히려 넌 훨씬 더 고통스럽게 죽게 될 거야. 그렇더라도 너에게는 마지막 기회가 주어지는 셈이니, 마다할 이유는 없을 것 같은데?"

그 말에 철민이 희미하게 미소를 떠올린다. 그리고 가볍게 고개를 끄덕여 준다.

중호가 또한 고개를 끄덕이며, 크게 기껍다는 듯 짧은 외침을 토해낸다.

"좋아!"

이어 중호는 권총을 다시 품속으로 집어넣고는, 상의를 벗어 계단 아래쪽 구석으로 던진다.

"자! 와라!"

중호가 나직이 외쳤다.

그것이 신호이기라도 한 듯 철민은 천천히 한 걸음을 뗀다. 그리고 곧바로 슬비를 발동시킨다. 사실 슬비는 이제 사뭇 자연스러워서, 특별하게 발동이라고 할 것도 없는 것이지만!

팟!

철민의 오른쪽 주먹이 중호의 관자놀이를 노렸다.

"하~ 오!"

중호가 기합처럼 짧게 외치며 양쪽 손바닥을 활짝 펼쳐 철민의 주먹을 막는다.

그런 중호의 손바닥은 물결이 일렁이듯이 기묘하게 흔들리면서 철민의 주먹을 넓고도 두텁게 감싸든다.

턱!

철민의 주먹과 중호의 손바닥이 부딪쳤다. 순간 중호의 손아귀는 마치 스펀지처럼 충격을 흡수하며 철민의 주먹을 움켜잡았다.

철민은 슬비를 중첩시킨다. 스피드가 배가된다. 철민은 오른쪽 주먹을 회수하고, 교차하여 왼쪽 주먹으로 다시 중호의 반대편 관자놀이를 노린다.

중호는 당황하기보다는, 득의의 미소를 그렸다. 그리고 그는 양팔로 얼굴과 가슴을 보호한 채 오히려 철민에게로 마주 돌진해 들어간다.

퍽!

철민의 왼쪽 주먹은 결국 중호의 가드 위를 때린다.

중호는 충격을 무시하고 그대로 밀고 나오며 온몸으로 철민을 껴안듯이 포박해 든다.

바로 그 순간, 철민은 다시 한 번의 슬비를 중첩시킨다. 그의 양쪽 주먹이 눈부신 속도로 교차한다. 그야말로 섬광과도 같은 속도로, 찰나간 서너 차례나 쏟아져 나간다.

파파팟!

두텁게 방어벽을 형성한 중호의 두 팔과 어깨 사이에 찰나간의 틈이 만들어진다. 그리고 그 틈을 비집고서 철민의 한 방이 정확하게 중호의 관자놀이로 꽂혀든다.

팍!

순간 중호의 눈동자 초점이 풀린다. 비명도 지르지 못했거니와 표정이나 눈빛으로라도 그는 미처 놀랄 틈조차 없었던 것으로 보인다. 그의 몸은 관성에 의지하여 한 걸음을 더 앞으로 내딛고 나서야 아래로 무너져 내린다.

영감탱이의 정체

철민은 주먹을 용두권(龍頭拳) 형태로 만든다. 그리고 중호의 목 뒤쪽을 찌르듯이 친다. 마혈을 점한 것이다.

철민이 혈도를 점하는 원리와 자세한 방법에 대해서 이미 충분히 이해하고 있었고, 미후가 하는 것을 보기도 했으나, 실제로 써보는 것은 처음이다. 그렇더라도 그것이 제대로—혹은 비슷하게라도—작용하리라는 것에 대해서는 크게 의심을 가지지 않는다.

철민이 중호의 마혈을 제압한 것에는, 그 스스로의 내부에 잠재되어 있는 잔인과 잔혹이 무차별로 달려 나오지 않도록 미리 제어한다는 의미도 있다.

그는 지금까지 중호와 또 '방주'라는 인물에 대해 수도 없이 상상을 해왔었다. 상상 속에서 그는 그 둘을 자근자근 짓밟기도 했고, 그가 당했던 것처럼 수장을 시켜서 극도의 고통과 공포를 느끼며 죽어가도록 하기도 했고, 또 혹은 미후가 했던 것처럼 전신의 관절들을 차례로 골절시키는 잔혹한 고문을 가하기도 했었다.

그러나 지금 막상 중호가 그의 발 앞에 고꾸라져 있는 상황에서, 그는 스스로의 증오를 보다 세밀하게 분류할 생각을 해보게 된 것이었다.

즉, 중호에 대한 그의 증오는 방주에 비해서는 상대적으로 덜 절절하다고 할 수 있다. 그렇다면 지금 중호에게 무차별적인 잔인과 잔혹을 퍼붓는 식의 복수를 할 것까지는 없다는 관점이다.

물론 이제부터 중호가 어떤 태도를 보이느냐에 따라서 그러한 관점은 얼마든지, 혹은 아주 간단히 달라질 것이지만!

"끄응!"

중호가 잠깐 혼절한 후 깨어났다. 이어 그는 자신을 내려다보고 있는 철민의 시선과 마주치고는,

"휴우!"

하고 길게 한숨부터 내쉬었다.

"넌… 그때와 완전히 달라졌군! 도무지 믿기 어려울 정도로……!"

중호가 탄식처럼 뱉었다. 그리고 힘겹게 몸을 일으키려고 한다. 그러나 그는 아주 약간 몸을 움찔하는 것으로 그쳤을 뿐이다.

"내게 무슨 짓을 한 거지?"

중호가 크게 당황하는 기색으로 부르짖듯이 물었다. 그러나 바로 이어 그는 크게 놀라는 표정으로 혼잣말처럼 뱉는다.

"설마 혈도를……?"

철민이 그런 중호의 당황과 놀람을 무시하며 담담한 투로 말한다.

"잘 들어! 지금부터 당신이 보이는 태도에 따라 나는 당신을 죽일 수도 있고, 혹은 살려줄 수도 있어!"

중호의 눈빛에 이글거리는 분노가 서린다. 그러나 그는 이내 눈빛을 차갑게 가라앉히며 받는다.

"나를 구차하게 목숨이나 구걸할 사람으로 봤다면, 너는 사람을 크게 잘못 본 것이다! 흐흐흐! 어디 죽일 테면 죽여봐라! 기꺼이 죽어주마!"

순간 철민은 애써 억눌러 둔 증오가 울컥 치밀었다. 그러나 그는 애써 격동을 가라앉히며 천천히 고개를 가로젓는다.

"아니! 그렇게 쉬운 죽음은 안 돼!"

다음 순간 철민은 손바닥으로 중호의 왼쪽 가슴 어림을 후려친다.

팡!

마치 잔뜩 팽창한 공기주머니를 치는 듯한 소리가 났다.

중호의 두 눈이 부릅떠진다. 그리고 얼굴색이 백지장처럼 변하더니 이윽고,

"푸학!"

하고 검붉은빛의 핏줄기를 토해낸다.

잠시 진정한 후에 그가 떨리는 목소리로 힘겹게 말을 뱉어낸다.

"점혈에다, 내가중수법이라니……! 크으윽! 도대체 넌… 누

구냐? 한국에 너 정도의 내가고수가… 있다는 얘기는 들어본 적이 없거늘…….”

철민이 담담하게 받는다.

“이제 곧 본격적인 고통이 시작될 것이다. 내장이 조금씩 파열되는 고통이지. 그리고 결국에는 칠공에서 피를 쏟으며 처참하게 죽게 될 것이다.”

“크으으……!”

중호가 얼굴을 잔뜩 일그러뜨린 채 고통스러운 신음 소리를 흘려냈다. 그의 얼굴 전체에서 진득한 땀이 배어 나오고 있었다.

철민이 차갑게 말을 잇는다.

“몇 가지 질문을 하겠다. 대답을 하고 안 하고는 당신의 선택이겠지만, 성의껏 대답해 준다면 고통을 덜어줄 것이다. 자! 첫 번째 질문! 당신에게 강이권을 죽이라고 사주한 자가 누구지?”

그러나 중호는 대답 대신 이를 악다문다. 그런 그의 얼굴에서는 이제 팥알만 한 땀방울이 송골송골 맺혔다. 그리고 찢어질 듯 부릅뜬 두 눈에서는 금방이라도 터질 듯 보이는 굵은 핏발이 줄줄이 서고 있다.

“끄으으……!”

중호의 악다문 잇새로 연신 처절한 신음이 흘러나온다.

그렇게 잠시간의 시간이 지났고, 이윽고 중호는 견딜 수 있는 한계를 넘어선 듯했다. 그의 입에서 안간힘을 다해 뱉는 소리가 음절 단위로 끊어진다.

"태… 성… 그… 룹… 정… 태… 수……!"

"태성그룹 정태수? 정태수 회장이란 말인가?"

철민의 확인에 중호가 힘겹게 고개를 끄덕인다.

"예전에 당신과 방주가 마약을 찾기 위해 협조를 구한 상대도 정태수 회장이었군?"

그 물음에 중호는 이제 고개를 끄덕일 힘도 없다는 듯이 파르르 눈꺼풀을 떠는 것으로 대답을 대신한다.

태성그룹 정태수 회장!

그가 바로 오종수가 말했던 '영감탱이'였다.

나는 네가 꼭 그를 만나기를 고대한다. 꼭!

"끄… 으… 으… 으!"

중호의 신음이 더욱 거칠어지고 있다. 그의 얼굴 근육이 마구 뒤틀리고 있다.

철민은 알 수 있었다. 중호의 내상이 위험 수위를 이미 넘어버렸다는 것을! 그리하여 지금 즉시 조치를 취한다고 해도, 평생을 후유증에 시달리며 고통스럽게 살아가야 한다는 것을! 그나마도 지금 즉시 조치를 취하지 않는다면 한순간 생사의 갈림길에 서고 말리라는 것을!

그러나 철민은 조금 더 잔인해지기로 했다. 조금만 더! 중호로부터 들어야만 하는 대답이 아직 남아 있었다.

"두 번째 질문! 그날, 당신과 함께 있던 방주라는 자의 정체가 뭐지?"

철민이 차갑게 내려다보며 다시 물었다.

그런데 그때였다. 극한의 고통에 신음하던 중호의 눈빛이 설핏 강해진다. 이어 사력을 다하는 듯 힘겨워 보이는 와중에도 그는 사뭇 또렷한 발음으로 한 자 한 자를 뱉어낸다.

"상… 문… 수… 보!"

"상문수보? 그자의 이름인가?"

중호가 두 눈을 깜빡여 대답했다.

철민이 다시 묻는다.

"중국인인가?"

중호의 두 눈이 다시금 깜빡인다. 그런데 그때 그의 이마로 한 가닥의 굵고 푸른 핏줄이 길게 가로로 생겨나면서 지렁이처럼 꿈틀거린다.

철민은 지그시 입술을 깨문다. 중호의 상태는 이제 마지막 단계로 돌입하고 있었다.

"그자에 대해 아는 대로 말해! 어디에 살며, 무엇을 하는 자인지!"

그때 중호의 눈빛이 문득 맑아지며 차갑게 가라앉는다. 그런 모습에서 그는 마치 극한의 고통을 일시적으로 초월하기라도 한 것처럼 느껴졌다. 이어 그는 뒤틀린 입매를 부들거리면서 힘겹게 단음절들을 뱉어낸다.

"고… 통… 을… 멈… 추… 게… 해… 주……."

순간 철민은 짐작할 수 있었다. 중호가 이미 자신의 죽음을 받아들이고 있음을! 철민은 무거운 얼굴로 고개를 끄덕인다.

파파팟!

철민의 용두권이 중호의 가슴에 있는 몇 군데 요혈을 빠르게 쳐나간다. 주요한 신경 조직들을 마비시킴으로써 그의 고통을 완화시켜 준 것이다.

물론 고통의 완화는 일시적일 뿐이다. 얼마일지 모를 아주 잠깐의 시간이 지나고 나면, 중호는 돌이킬 수 없는 지경으로 곧장 치달아 가게 될 것이다.

중호의 눈빛에 문득 기이하도록 맑은 빛이 감돈다.

'회광반조(回光返照)!'

철민은 낯선 단어를 하나 불쑥 떠올렸다. 그러나 그 낯선 단어는 익숙한 이해를 동반하고 있었다.

'빛을 돌이켜 거꾸로 비춘다! 죽음 직전에 찾아드는 잠시의 평온!'

"흐흐흐!"

한결 편안한 표정이 된 중호가 나직이 웃음소리를 흘렸다.

"왜 웃는가?"

"나는 더 이상 말해주지 않을 것이다."

중호의 목소리는 한결 또렷하게 들렸다.

"이미 상문수보라는 이름을 말했으면서, 왜 더 이상은 말해주지 않겠다는 거지?"

중호가 눈빛에 희미한 웃음기를 떠올린다. 그리고 느긋하게 말한다.

"그에 대해 미리 알게 되면, 네가 겁먹고 도망칠까 봐! 그럼 내 복수도 기대할 수 없어질 테니까!"

"상문수보가 그렇게 대단한 인물이란 의미인가?"

"흐흐흐… 크으… 허… 어… 헉……!"

웃음소리 끝에 중호의 호흡이 갑자기 가빠졌다. 거칠게 숨을 몰아쉬며 그가 힘겹게 말을 잇는다.

"허… 헉… 헉… 나는 네가… 헉… 헉… 꼭 그를… 헉… 헉… 만나기를… 헉… 헉… 고대한다… 헉… 꼭……!"

중호는 이윽고 마지막에 다다른 듯 보였다. 그가 고통스럽게 가슴을 쥐어뜯으며 목구멍 밖으로 말을 짜낸다.

"넌… 내게… 복수… 하지… 못해! 크으… 헉… 헉… 헉… 내 목숨은… 허~ 옥… 흐… 으… 내… 스스… 로… 허… 으…

으… 거… 두……."

끝내 말을 맺지 못한 채, 중호의 고개가 힘없이 툭 아래로 떨어진다.

철민은 움직이지 않는 중호를 한동안 내려다보았다.

중호가 마지막 순간까지 상관수보에 대해 말을 아낀 것은, 그의 말마따나 철민이 반드시 상관수보를 찾아가기를 바라는 염원에서였을까?

철민이 태성그룹 정태수 회장을 통해서 얼마든지 상관수보에 대한 단서를 찾아나갈 수도 있을 테지만, 중간에 어떤 난관에 처하거나 무력감에 빠지게 되더라도 결코 포기하지 않고 끝내 상문수보와 대면하기를 염원한 것일까?

'물론이다. 너의 염원이 아니더라도 중간에 포기하는 일은 결코 없을 것이다! 어떻게든, 반드시 상문수보를 찾아내고야 말 것이다!'

철민은 새삼 각오를 다져 보았다.

그러나 이내 그는, 문득 덮쳐드는 씁쓸한 감회에 무방비로 잠식당하고 만다.

살인! 그 가장 비인간적인 행위에 대한 후유증이랄까? 중호는 스스로 자신의 목숨을 거두었다고 했지만, 결국은 자신이 한 살인이었다.

다만 이전과 같은 후회나 자책은 없다. 처음이 아니란 데서
오는 익숙함일까? 이렇게 살인도 익숙해지는 걸까? 어쩌면 또
다른 살인을 남겨놓고 있다는 무거움이, 오히려 위안처럼 작
용하고 있는 것일지도 모를 일이다.

철민은 미후에게 전화를 했다. 중호의 사체를 처리하는 데
도움이 필요해서다.

일단은 중호의 흔적을 지워야 한다. 물론 그렇더라도 태성
과 나아가 상관수보로 대표되는 중호의 배후에서는 당연히
강이권에게 혐의를 둘 것이다.

철민은 당분간 잠적할 작정이었다. 물론 강이권으로서 잠적
하는 것이다.

대신 강일권으로, 객관적인 위치에서 기다리며 강이권의 주
변 환경에 어떤 움직임들이 감지되는지 지켜보기로 했다.

어쨌든 별일 없었던 거지요?

철민은 집으로도 사무실로도 돌아가지 않았다. 한상운에
게 전화를 했더니, 받자마자 대번에 목소리가 잔뜩 올라갔다.

—아니, 대표님! 도대체 어떻게 된 겁니까? 무슨 일이기에
도통 연락조차 되지를 않는 겁니까?

그렇게 마치 다그치는 듯한 한상운의 느낌은, 철민이 지금 껏 겪어보지 못한 것이었다.

하긴 그냥 외출 좀 하고 오겠다는 말 외엔 이렇다 저렇다 한마디 말도 하지 않았고, 더욱이 꽤나 오랫동안 휴대폰마저 꺼놓았으니, 한상운으로서는 얼마나 답답해하고 애를 태웠을 지 짐작이 되었다. 그리고 그런 점에서 한상운의 다그침은, 비 난이나 질책이라기보다는 걱정에서 나오는 것일 터이다.

철민이 세진그룹 나인태 회장의 권유로 '21세기 청년경영자 모임'이란 곳에 잠시 다녀왔다고 대강의 얘기를 했다.

―나 회장이요? 그 양반이 왜 그런 권유를 했다는 겁니까? 무슨 꿍꿍이로……?

한상운은 대번에 나 회장에 대한 노골적인 의심 내지는 경 계를 드러냈다. 그의 입장에서야 또한, 분명 무슨 내막이 있을 것이라는 짐작을 해볼 수도 있을 것이었다.

철민은 더 이상 자세한 얘기를 하지 않았다. 그러자 한상운 또한 더는 묻지 않고 슬쩍 말을 돌렸다.

―어쨌든 별일 없었던 거지요?

제11장
응분의 대가

작정과 각오, 그리고 예외

비록 박윤호 팀장 등과 한배를 타긴 했지만, 복수에 관한한 철민은 최대한 스스로의 힘으로 해나갈 작정이었다. 다만 그 혼자의 힘으로 도저히 안 되는 경우에만 그들의 도움을 받을 것이다. 그것이 진정한 의미의 복수라고 그는 믿었다.

다만 미후에 대해서는 예외로 두기로 했다.

미후의 도움을 받는 것은, 남의 도움을 받는 것과는 다르다는 생각이랄까?

정확하게 정의하기는 어렵지만, 그녀의 능력을 그의 능력의 일부로 친다는 셈이다. 이를테면, 미후는 그가 막대한 돈을 주고 고용했고, 그만한 돈을 쓸 수 있다는 것은 그가 가진 중요한 능력의 하나인 것이다.

사실은… 그런 것보다는, 그 동안 그녀와 함께해 오면서 단지 계약이나 고용 관계만으로는 정의할 수 없는 깊은 교감을 나누게 된 점이 더 크다. 그럼으로써 그녀를 남이 아닌 스스로와 동일시하게 되었다고 할까?

그에게 미후는, 어느새 그런 존재가 되어 있었다.

철민은 곧장 정태수 회장을 찾아갈 생각도 해보았다.

그와 미후의 능력이라면 주변의 방해를 받지 않고 정태수 회장과 대면하는 것도 그리 어렵지는 않으리라는 판단이었다.

그러나 좀 더 치밀하게 접근해서 나쁠 것은 없기에, 잠시 정태수 회장의 주변을 살피면서 보다 적당한 기회를 엿보기로 했다.

미후가 정태수 회장의 행적을 추적하기 시작했고, 적당한 기회는 생각보다 빠르게 다가왔다.

간단하지만 무거운 결론

새벽 무렵, 아직 동이 트려면 시간이 더 있어야 하지만, 달빛이 있어 사방은 아주 어둡지는 않았다. 다만 앞쪽으로 흐르는 남한강으로부터 피어오르는 물안개가 희뿌옇게 거대한 장막을 치고 있다.

물안개가 아니었다면 아래쪽으로 약 100미터쯤 떨어진 한적하고도 평화로운 시골 마을의 전경을 한눈에 볼 수 있었을 것이다. 그 시골 마을 너머, 남한강의 푸른 일렁임이 한눈에 들어오는 그곳에 별장이 한 채 들어서 있다.

2차선 국도와 연결된 진입로의 끝을 별장의 대문이 가로막고 있다. 대문 너머로는 다시 키 큰 정원수들이 마치 성벽처럼 가로막고 있어서 별장의 몇몇 건물의 지붕 정도만 겨우 보인다.

그러나 대문을 지나 안으로 들어서면 두 눈이 커질 만큼 거창한 규모와 호화로운 광경이 펼쳐진다. 약 4천여 평의 넓은 대지에 지어진 총 일곱 채의 건물! 정원에는 커다란 수영장이 두 개! 그리고 곳곳에 다시 여러 개의 연못과 정자가 들어서 있다.

철민은 슬쩍 대문을 밀었다. 대문이 소리 없이 안으로 열린다. 문턱을 넘어선 철민은 마치 제 집인 양 거리낌 없이 성큼성큼 걸어 들어간다. 그런 그의 한 발짝 뒤를 미후가 조용히 따른다.

막아서는 사람은 아무도 없다. 주변 곳곳에 CCTV가 설치되어 있는 게 보인다. 그러나 철민도 미후도 신경을 쓰지 않는다.

사실은 기사기조에 의해 별장의 모든 보안이 이미 무력화된 뒤였다. 설령 그들의 조치가 완벽하지 않아서 어딘가에 은밀하게 숨겨진 CCTV가 더 있다고 하더라도, 지금 철민의 모습이 강일권인 이상에는 하등의 거리낌이 있을 까닭은 없다.

CCTV에 노출되는 것을 꺼릴 까닭이 없는 것은 미후 또한 마찬가지였다.

정태수 회장에게 이곳 별장은 휴식을 취하는 곳이다. 물론 때로는 고위 공직자나 국회의원 등 그때그때의 사업상 필요한 정재계 고위층의 인맥들을 초정하여 향락을 베푸는 장소이기도 하지만!

이번에 그가 별장에 온 것은 휴식을 취하기 위해서라기보다는, 그를 괴롭히고 있는 여러 골치 아픈 일에서 잠시간이나마 피해 있으면서 생각을 정리할 요량에서였다.

별장에는 최고급의 시설을 갖춘 연회실과 영화 감상실 등 없는 게 없지만, 그중에서도 이곳은 그가 특별히 아끼는 장소로 내부 전체가 옥(玉)으로 만들어진 방이었다.

"이참에 다 때려치우고 필리핀 쪽이나, 어디 아주 먼 외국으로 떠나고 싶은 심정이다. 허허허! 그래도 너랑 이렇게 있으니 숨통이 좀 트이는 것 같구나!"

정태수 회장이 지그시 눈을 감은 채 말했다. 지금 잠옷 바람으로 안락의자에 비스듬하게 누운 그의 무릎에는, 역시 반라의 잠옷 차림을 한 농염한 여체 하나가 포개어지듯이 올라앉아 있다. 그의 짓궂은 손길이 여인의 부드러운 속살을 쓰다듬자, 농익은 여체가 움찔움찔 자지러진다.

"어멋?"

여인이 갑자기 놀란 소리를 뱉더니 정태수 회장의 몸에서 화들짝 튕겨 일어난다. 소리 없이 방문이 열리며 불쑥 안으로 들어서는 두 사람을 보고서다.

철민과 미후다.

정태수 회장이 마찬가지로 움찔 놀라기는 했으나, 그래도 애써 침착하며 근엄함을 담아 호통을 쳤다.

"너희들, 누구냐? 여기가 어딘 줄 알고 함부로 들어와?"

정태수 회장의 호통의 말미가 사뭇 급하게 변했다. 아마도 철민과 미후의 등 뒤로 방문이 닫히고 있기 때문일 것이다.

두텁기도 하거니와 다시 방음 처리까지 된 그 문이 닫히게 되면, 방 안에서 아무리 큰 소리가 나도 밖으로는 새어 나가지 않는, 그야말로 완전한 차단이 되는 것이니 말이다.

터억!

둔한 소리와 함께 방문이 닫혔다.

그러나 정태수 회장의 호통을 듣고 즉시 달려왔어야 할 경호원들은 문이 닫히는 그 순간까지 아무런 동향도 보이지 않는다.

그리고 한순간, 누군가 바람처럼 정태수 회장에게로 다가선다.

미후다.

팟!

그녀의 수도가 정태수 회장의 목젖 부근을 가볍게 후려쳤다.

순간 정태수 회장의 몸이 작살이라도 맞은 것처럼 펄쩍 튀어 올랐다가 다시 안락의자 위로 널브러진다.

"꺼… 어… 어… 으……!"

정태수 회장이 목을 움켜잡고 버둥거린다. 그러나 그는 신음조차 제대로 내지 못했다.

반라의 여인은 안락의자 옆에서 창백하게 질린 모습이다. 서른 초중반이나 되었을까? 늘씬한 자태에 깎은 듯이 반듯반듯한 이목구비가, 흔히 말하는 성형 미인의 느낌이 물씬 묻어난다. 자세히 보니 여인은 어디선가 본 듯했다.

철민은 문득 그 '어디선가'를 떠올릴 수 있었다. TV에서였다. 요즘에는 잘 보이지 않는 것 같았지만, 몇 년 전쯤만 해도 주연급이거나 유명세를 타지는 않았더라도 단역으로는 여러 편의 드라마에 출연했던 탤런트였다.

철민이 가볍게 말을 던진다.

"우리, 오늘 서로 안 본 걸로 하는 게 좋겠지요?"

여인은 두 눈이 커진다. 그러나 그녀는 빠르게 차분함을 되찾으며 재빨리 고개를 끄덕인다. 그녀로서도 그리 어렵지 않게 계산이 섰을 일이다. 혹은 오히려 그녀 측에서 간절히 바라는 바일 터다.

"이쪽으로 오세요!"

철민이 가만히 손짓해 여인을 불렀다.

여인이 흠칫 소스라쳤다가는 감히 거역할 수 없다는 듯이 주춤주춤 걸어온다.

철민이 차분하게 설명조로 말한다.

"지금 일어나고 있는 일은 그쪽하고는 아무 상관이 없는 것이고, 앞으로도 계속 그럴 겁니다. 그러니까 푹 쉬시다가, 내일 아침에 일어나거든 조용히 여기를 떠나도록 하세요!"

여인의 눈빛에 일시의 의아함이 스친다. 그러나 다음 순간 여인은 그대로 의식을 잃고 스르르 무너져 내렸다.

어느새 곁으로 다가선 미후가 간단히 여인을 부축해 한쪽의 소파로 데리고 가 누인다. 여인의 혼혈을 짚은 이는 물론 미후였다.

"놈… 원하는 게 뭐냐?"

겨우 고통에서 벗어났는지 정태수 회장이 으르렁댔다. 애써 위엄을 보이려는 모습이었지만, 그의 목소리는 가늘게 떨려 나왔다.

"PAR투자운용의 강이권 대표 아시지요?"

철민이 차분하게 물었다.

순간 정태수 회장의 표정이 설핏 변한다.

"강이권, 그자가 보냈느냐?"

정태수 회장의 반문에, 철민이 조금은 애매하게 고개를 끄덕였다.

"그런 셈입니다!"

그리고 철민은 표정을 차갑게 굳힌다.

"정태수 회장님! 나는 당신이 결코 좋은 사람이 아니란 걸 알고 있습니다. 그리고 나는 나쁜 사람에게는 얼마든지 냉혹할 수 있는 사람이란 걸 미리 말해두지요. 자! 지금부터 몇 가지를 묻겠습니다. 만약 내가 묻는 말에 조금이라도 거짓을 말하거나 혹은 무성의하다면, 내가 얼마나 냉혹한 사람인지 아주 뼈저리게 깨닫게 될 것이란 점도 아울러 말해둡니다!"

"이놈! 지금… 무슨 수작을 벌이자는 거냐?"

정태수 회장이 호통을 쳤다.

그러나 철민이 가볍게 무시하고, 다시 말을 잇는다.

"중호라는 자와 상관수보라는 자를 알고 있지요?"

정태수 회장의 눈매가 설핏 굳어진다. 그러나 그는 곧바로 가벼운 냉소를 흘리며 답했다.

"글쎄! 처음 들어보는 이름들이군! 그런데 대체 내가 왜 그런 자들을 알아야 한다는 것이냐?"

철민이 또한 희미한 냉소를 떠올린다. 그리고 말없이 시선을 미후 쪽으로 돌린다.

미후가 가볍게 고개를 끄덕인다. 그리고 예의 그 무표정한 얼굴로 스르르 미끄러지듯이 정태수 회장에게로 다가선다.

정태수 회장의 얼굴에 언뜻 의아함이 떠오른다. 그리고 반사적이었을까? 동시이다시피 설핏 희미한 공포가 서린다.

팟!

미후의 손날이 빠르게 정태수 회장의 목 뒤쪽을 쳤다. 마혈을 점한 것이다.

하지만 정작 정태수 회장은 다시금 의아해하는 표정을 지었다. 예감하고 각오했던 고통이 오지 않기 때문이리라.

그러나 그는 이내 자신의 몸이 꼼짝도 할 수 없게 되었다는 걸 깨달은 모양이다.

"이… 이게 대체……? 내게 무슨 짓을 한 것이냐?"

정태수 회장이 다급하게 소리쳤다.

그러나 그때, 미후가 다시 정태수 회장의 목젖 부근을 가볍게 찌른다.

정태수 회장이 다급한 비명을 토해낸다. 그러나 그는 입만 벙긋했을 뿐, 정작 아무런 소리도 내지 못했다. 아혈마저 제압당한 것이다. 그의 얼굴이 삽시간에 절박한 공포로 물들었다.

픽!

미후가 다시 정태수 회장의 어깨를 후려쳤다.

우둑!

뼈마디 부딪치는 소리가 폐쇄된 방 안의 공기를 타고 생생하게 전파된다.

정태수 회장의 두 눈이 하얗게 치떠진다. 그러나 그는 여전히 입만 딱딱! 벌릴 뿐이다. 그렇게 아무런 소리도 지르지 못한 채 몸으로만, 아니, 눈빛과 표정으로만 자지러진다.

간단히 정태수 회장의 어깨관절을 탈골시킨 미후는, 무심한 얼굴로 다시금 정태수 회장의 손가락 하나를 틀어잡는다.

또 무슨 끔찍한 사태가 벌어지려는지 본능적으로 알아챈 것일까? 정태수 회장의 두 눈동자가 파도처럼 흔들린다. 그렇게라도 처절한 절규를 표현하는 것이리라.

"그만!"

철민이 나직이 외쳤다.

미후가 즉시 정태수 회장의 손가락을 놓아주고 뒤로 물러선다.

고통과 그보다 더욱 절박한 공포로 사색이 되어 있던 정태수 회장의 얼굴로, 방금까지의 절박만큼이나 격렬한 안도가 흐른다.

그의 두 눈 가득히 눈물이 고여서는, 곧장 두 뺨으로 흘러넘친다.

그의 육신과 정신을 한순간에 마구 헤집고 지나간 참혹한 고통과 공포, 그리고 지금 잠시의 이 폭풍 같은 안도, 그러나 다시 또 어떤 처참한 일을 당해야 할지 모른다는 극도의 불안과 공포가 걷잡을 수 없이 격랑이 치고 있는 것이리라.

정태수 회장은 철민에게로 온 신경을 모으고 있다. 그것은 간절한 호소다. 그리고 절절한 애원이다.

'제발 멈추어주시오!'

'제발 살려주시오!'

그가 지배하고 있는, 혹은 지배했던 세계에서는 거물 중의 거물로, 또는 무슨 신화나 전설쯤으로까지 회자되기도 하는 그다.

그러나 지금 그가 가진 모든 권위와 권력을 벗어버리고, 다만 한 인간으로서의 가장 원초적인 고통과 공포에 직면하자,

그는 여느 인간과 조금도 다를 것 없는, 혹은 오히려 더욱 비굴한 모습을 보이고 있는 것이었다.

약자에겐 사정없이 군림하고, 강자에겐 여지없이 쪼그라드는!

남들에겐 더없이 잔인하고, 자신에게 가해지는 약간의 고통과 공포에는 어이없이 무너지고 마는!

그런 비굴함 말이다.

철민은 담담했다. 고통과 공포에 절규하는 칠십 노인에 대한 연민은 없다. 그가 겪었던 죽음보다 더한 공포와 고통에 비하면, 더욱이 짱의 비참한 죽음에 비하면 지금 정태수 회장이 겪고 있는 것은 약과에 불과하다.

정태수 회장은 응분의 대가를 지불해야만 하는 것이고, 어쩌면 그 대가는 죽음이 될 수도 있다.

철민은 가볍게 눈짓했다. 그 눈짓에 미후가 정태수 회장의 아혈을 풀어주었다.

"아… 아아… 끄으으!"

정태수 회장의 입에서 정제되지 않은 소리가 터져 나왔다.

철민은 잠시 무심하게 정태수 회장을 내려다본다. 그리고 차갑게 입을 연다.

"몇 달 전, 당신은 상관수보와 중호라는 자에게 부탁을 받고 종수파 보스 오종수에게 그들을 도우라는 지시를 했다. 이후 오종수 등은 한 쌍의 남녀를 납치했다. 그리고 그들 남녀를 구하려는 과정에서 한 청년이 오종수의 칼에 찔려 참혹한 죽음을 당했고, 또 다른 한 청년은 의식을 잃은 채 차가운 밤바다에 수장되었다. 그들 두 청년은 아직 서른도 되지 않은, 제대로 세상을 살아보지도 못한 시퍼런 청춘이었다. 한 가지 더! 최근 당신은 중호라는 자에게 PAR투자운용의 대표 강이권을 조용히 처리해 달라고 청부했다. 어떤가, 당신은 모르는 일이라고 할 텐가? 아니면 기억이 나지 않는다고 할 텐가?"

"아아… 당신은 대체… 누구요?"

겨우 말을 뱉어내는 정태수 회장의 눈빛이 크게 일렁거린다. 그러나 그것은 순간의 반사작용과도 같은 당황스러움의 표출이었을 뿐이다.

그는 곧바로 자신이 처해 있는 절박함을 소스라치게 되새겼는지 공포에 질린 듯 흠칫 쪼그라들고 만다.

철민이 차갑게 노려보며 다시 말한다.

"나는 당신들에 의해 희생된 두 청년의 원한을 갚으려는 사람이다! 또한 강이권을 대신해 당신을 응징하려는 사람이다! 그리하여 이 자리에서 당신을 죽여 버릴 수도 있다!"

정태수 회장의 얼굴이 새삼 공포에 질린다. 그런 와중에도 그의 시선은 영활하게 철민의 두 눈을 좇는다. 그리고 철민의 무겁게 가라앉은 눈 깊은 곳에서 차갑게 빛나는 살기를 발견하고는 이윽고 메말라 갈라 터진 긴 탄식을 흘렸다.

"아아……!"

꽉 막힌 숨을 겨우 틔우듯 절박함이 가득한 탄식이었다.

철민이 다시 말을 잇는다.

"상관수보에 대해 아는 것을 모두 말하시오! 그것이 당신의 늙고 추한 목숨을 조금이라도 더 이어갈 수 있는 유일한 기회요!"

정태수 회장의 어깨가 축 늘어졌다. 그런 모습에서 그는 이윽고 모든 것을 다 포기한 듯했다. 이어 그가 힘겹게 입을 연다.

"말… 하겠소! 다 말하겠소! 내가 아는 전부를……!"

정태수 회장은 당시의 사건 때, 평소 알고 지내던 중호로부터 도와줄 것을 요청받았다고 했다.

중호는 그때 삼합회의 하부 조직인 흑사방의 한국 지부에 소속된 자로, 원래는 지부 내 서열 2위였는데, 당시의 지부장이 갑자기 사망하면서 나중에 후임 지부장이 되었다.

어쨌든 당시 중호가 급한 일로 홍콩에서 흑사방의 방주가 한국으로 들어오는 데 단기간 많은 인력이 소요되는 일이 생길 것 같다며 정태수 회장에게 적극적으로 도움을 요청한 것이었다.

그 흑사방의 방주가 바로 상관수보다.

그러나 정태수 회장은 막상 상관수보와는 한 번도 만나지 못했고, 그런 까닭에 그가 상관수보에 대해 알고 있는 정도는 철민의 기대에 한참이나 미치지 못했다. 흑사방에 대해서도 마찬가지였다. 그들 서로가 경계하고 숨겨야 할 것들이 많았으니, 철저히 서로의 필요에 의해서만, 그리고 필요한 만큼만 교류를 유지해 온 관계였다.

'이제부터 접근해야 할 목표는 흑사방과 상관수보다! 그리고 만약 상관수보에게 다시 또 다른 배후가 있다면, 복수의 목표를 확장할 수도 있다!'

철민이 정태수 회장으로부터 얻어낸 사실들에 대해 내린 결론은 그랬다.

간단하지만, 무겁기 이를 데 없다는.

당신 또한 마땅히 응분의 대가를 치러야 하지 않겠소?

"오종수는 이미 대가를 치렀소. 자신의 손에 죽은 청년만큼이나 참혹한 죽음을 당하는 것으로! 정태수 회장! 당신은 어떻게 대가를 치를 것이오?"

철민이 차갑게 말했다. 그리고 성큼 정태수 회장의 앞으로 다가선다.

"아아⋯⋯!"

정태수 회장이 대번에 공포에 질리며, 절망의 탄식을 흘렸다. 그리고 다급하게 변명을 뱉어낸다.

"나는, 나는 다만⋯ 그들을 도우라고만 했을 뿐이오! 그런데 오종수가, 그 어리석고 무모한 자가 감히 그런 참혹한 일을 벌일 거라고는⋯ 예상조차 하지 못했소!"

"당신이 의도한 결과가 아니라고 하더라도, 어쨌든 오종수가 당신의 지시에 의해 움직인 것은 엄연한 사실이지 않소? 그런 이상 당신 또한 마땅히 응분의 대가를 치러야 하지 않겠소?"

털썩!

정태수 회장이 무릎을 꿇었다. 그리고 떨리는 목소리로 부르짖듯이 애원한다.

"아아⋯ 잘못했습니다! 정말 죽을죄를 지었습니다. 그러나 염치없지만⋯ 이 늙은 목숨, 불쌍하게 여겨주십시오! 제발 살려주십시오! 살려만 주시면 남은 인생 정말⋯ 정말 깊이깊이 속죄하면서 살겠습니다! 그러니 제발⋯⋯!"

철민이 차라리 무심하게 받는다.

"당신으로 인해 다른 이의 목숨은 그처럼 가볍게 사라졌건만, 당신 자신은 어떻게든 살아남아야겠다는 것이오? 정말 끝까지 이기적이군!"

이윽고 정태수 회장이 흐느낀다.

"흐흐흑! 꼭 죽어야만 한다면… 으흐흐흑! 마지막으로 아내와 자식들, 그리고 손자 손녀들의 얼굴을 한 번씩만 더 볼 수 있도록 조금만… 조금만 더 시간을 주십시오! 제발 늙은이의 마지막 소원입니다! 크으흐흐~ 흑!"

정태수 회장의 얼굴은 금세 눈물과 콧물로 범벅이 되었다. 그러더니 그는 아예 바닥에다 머리를 박고 소리 죽여 통곡했다.

철민이 잠시 차갑게 보고 있다가 나직하게 말을 뱉는다.

"당신을 죽이지는 않겠소!"

순간 정태수 회장의 몸이 축 늘어졌다. 교수대 앞에서 밧줄에 목을 건 채 딛고 선 발판이 밑으로 꺼지기만을 기다리던 와중에 갑자기 사형 집행이 취소되었다는 통보를 받은 사형수와 같은 심정이리라.

"아아… 고맙습니다! 고맙습니다! 정말 고맙습니다!"

정태수 회장이 울먹이며 감사의 말을 연발했다.

철민이 담담한 표정 그대로 다시 말한다.

"그러나 당신이 이대로 아무것도 잃지 않는다면, 당신으로 인해 죽은 사람의 영혼이 너무 억울해하지 않겠소?"

정태수 회장의 얼굴이 눈물에 젖은 그대로 다시금 딱딱하게 굳어버린다.

철민이 희미하게 냉소를 떠올리며 덤덤히 말을 잇는다.

"방금 전만 하더라도 가족들과 한 번 더 보게만 해주면 기꺼이 죽겠다고 하더니, 왜? 살려주겠다고 하니까, 이제는 다시 무엇을 잃게 될지 걱정부터 되시오?"

정태수 회장이 화들짝 고개를 가로저었다.

"아닙니다! 무엇이든… 말씀만 하십시오! 내가 할 수 있는 일이라면, 그 어떤 일이라도 하겠습니다!"

철민이 천천히 고개를 끄덕였다.

철민이 정태수 회장에게 제시한 '잃을 것'은 태성그룹이었다.

즉, 철민 자신이 지시하는 방법과 절차로 태성그룹의 모든 것을 넘기고 재계에서 완전히 은퇴할 것이며, 그 스스로 뱉은 말대로 남은 인생을 속죄하며 조용히 살아가라는 것이었다.

정태수 회장은 크게 허탈해했다. 그러나 그는 감히 반발하거나 이의를 제기하지는 못했다.

그에게는 선택의 여지가 전혀 없는 절대적인 강요로 받아들여지기도 했겠지만, 한편으로 태성그룹은 어차피 침몰 중인 배나 마찬가지였다. 얼마나 더 버틸지의 문제만 남아 있는 것이다.

다만 그가 평생을 바쳐 일구어 온 기업인데, 마지막까지 여력을 다해 지키지 못하고 이런 식으로 모든 것을 포기해야만 한다는 데서는 모든 의지가 일시에 무너지고 마는 무력감을 느낄 수밖에 없는 것이리라.

철민이, 정태수 회장이 경찰에 신고할 수도 있을 거란 여지를 아예 남기지 않은 건 아니었다.

그러나 며칠 시간을 두면서 한상운을 통해 태성그룹과 경찰의 동향을 지켜본 결과, 그런 움직임은 전혀 감지되지 않았다.

정태수 회장은 정말로 완전한 포기한 것으로 보였다.

하긴 칠십을 훌쩍 넘긴 나이에, 그처럼 모진 일을 겪고도 다시 독기를 불태우기는 어려웠을 것이다.

그리고 비록 모든 것을 내려놓기로 했다지만, 남은 인생을 궁핍하게는 살지 않을 만큼 최소한의 재산은 챙길 수 있도록 배려해 주겠다고 약속받은 것도 적잖이 작용했을 것이었다.

원점 회귀

철민은 박윤호 팀장 쪽으로 도움을 청했다. 흑사방과 상관수보에 대한 정보 조사 요청이었다.

흑사방이라는 구체적인 이름이 있는 덕분인지, 며칠 만에 결과가 나왔다.

[흑사방은 2개월 전쯤에 해체된 것으로 확인됨! 방주였던 상관수보에 대해서는 계속 추적 중이나, 새로운 추적 루트를 확보하는 데 시간이 소요될 것으로 판단됨!]

홍콩에 주재하는 국가비밀정보국 요원으로부터 온 짧은 보고였다.

철민으로서는 허탈해지지 않을 수 없다.

"삼합회에는 수많은 하부 조직이 있는데, 핵심적인 조직이 아니라면 두목의 거취에 따라 간단히 이합집산이 되는 경우가 비일비재하답디다. 아마도 지난번 마약 사건으로 인해 그 상관수보라는 자가 문책을 당했을 수도 있는 것이고, 그렇다면 그 여파로 흑사방 자체가 '헤쳐 모여!' 식으로 다른 조직에 흡수되었을 가능성도 다분하다고 봐야 하지 않겠소? 어쨌든 상관수보라는 자에게 초점을 맞추고 새로운 추적 루트를 확보해 가고 있다고 하니, 조금 더 기다려 보도록 합시다!"

박윤호 팀장이 추가로 설명을 했다. 그러나 철민은 더욱 막막해진다.

'타깃을 향해 크게 한 발 다가섰다고 여겼는데, 졸지에 다시 원점으로 회귀하고 마는 것인가? 이제 흑사방이라는 단서가 소용없어 버렸다면, 무엇부터 어떻게 다시 시작을 해야 하는 것인가? 그렇다고 실체를 파악하기조차 어려울 만큼 거대하다는 삼합회에 대해 무작정 부딪쳐 볼 수도 없는 노릇이 아닌가?'

그러나 아무리 막막하더라도 여전히 분명한 것은, 아니, 더욱 확고해지는 각오는 어떻게든 다시 시작해야 한다는 것이었다.

'필요하다면 다시 시작할 것이다! 처음부터 하나하나씩! 그리하여 언젠가, 결국에는 상관수보에게 닿을 수 있을 것이다! 반드시!'

철민은 스스로를 확신시켰다.

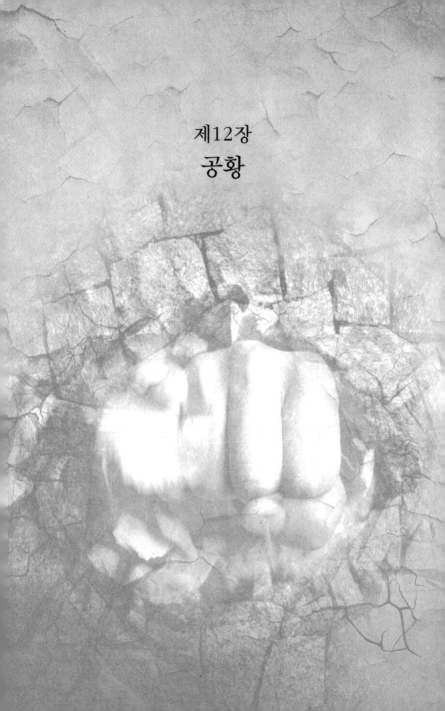

제12장
공황

합병

재계에 빅뉴스 하나가 터졌다. 태성그룹과 세진그룹의 전격적인 합병 소식이다.

그런데 속사정을 들여다보면, 경제계의 일반적인 예측과는 사뭇 다른 양상이다.

즉, 세진에서 태성의 모든 부채와 임직원을 완전 승계하는 대신, 태성은 어떤 조항도 달지 않고 경영권을 완전히 포기한다는 내용이다. 결국 재계 서열이 훨씬 상위인 태성그룹이, 오히려 한참 작은 세진그룹에게 흡수 합병을 당하여 먹히는 꼴인 것이다.

어쨌든 그 각각이 재계 서열 20위권 내에 들던 두 그룹이 합쳐짐으로써, 그 합병의 주체인 세진그룹은 단숨에 재계 서열 10위권 내에 드는 거대 기업군으로 도약하게 되었다.

세진그룹의 나인태 회장은 솔직히 아직도 얼떨떨했다. 그자신도 미처 기대하지 못했던 갑작스러운 진행이었다. 물론 그런 쪽으로 야심을 가지고는 있었지만, 이런 식의 전격적인 방식은 감히 기대하지 못했었다.

태성그룹의 정태수 회장이 나인태 회장에게 갑작스러운 제안을 해온 것은 불과 사흘 전이다.

생각지도 못했던 제안이라 반신반의했지만, 일단 응해서 손해 볼 일은 없었기에 나인태 회장은 급히 실무진을 꾸려 협상에 응했다.

그런데 정태수 회장은 제안이라기보다는 차라리 백기를 들고 나왔다. 완전히 무장을 해제한 채 무조건 항복이랄까? 그야말로 '날 잡아 잡수!' 하고 나온 격이었다.

얼마 전까지만 해도 부러울 정도의 수익을 남기던 태성의 알짜 기업들을 그야말로 헐값에 인수해 달라는 것이었다.

나인태 회장은 일단 후려치고 보았다. 태성그룹이 현재 궁지에 몰린 상황을 들어 터무니없다 싶을 정도로 낮춘 가격을 제시한 것이다.

그런데 태성 측에서는 정말 넘기기로 작정이라도 했는지 조금의 이의도 없이, 이상하다 싶을 정도로 순순히 받아들였다. 그야말로 호박이 덩굴째 굴러 들어오는 격이었다.

실무 협상은 협상이랄 것도 없이 일사천리로 진행되었다. 겨우 이틀 만에 합병을 위한 주요한 절차들이 모두 마무리되었으니, 세부적인 법적 요건들을 처리하는 과정이 남아 있을 뿐, 태성의 모든 기업은 실질적으로 세진의 소유가 된 것이었다.

물론 아무리 헐값이라고 하더라도 태성그룹의 모든 사업체를 일괄적으로 인수하는 것이니, 그 인수 자금이 결코 만만치는 않았다. 더욱이 인수 조건 중에는 해당 사업체들의 채무를 일괄적으로 우선 변제한다는 전제 조항이 포함되어 있었다.

통상적으로는 합병을 위한 주요한 절차들이 모두 마무리된 시점에서, 태성의 알짜 자산들을 담보로 하여 우선 금융권의 대출을 받음으로써 인수 자금을 갚음하고도 남을 충분한 자금의 확보가 가능해야 하는 것이었다.

그러나 재무 파트에서 미리 은행권의 분위기를 파악해 본 결과, 아무래도 아직도 진행 중인 태성그룹에 대한 검경과 국세청의 사정 분위기 때문에 인수 합병에 대한 법적 요건들을 완전히 충족시키고 나서야 담보로 인정해 줄 수 있겠다는 입장들이라고 했다.

그러나 세진그룹이 보유하고 있는 유동 자금 전부를 긁어모은다고 해도 당장 필요한 인수 자금의 30% 정도를 충당할 수 있을 뿐이었으니, 부족한 자금을 어떻게 조달할 것인지가 당장의 고민거리로 대두되었다.

그런데 역시 일이 되려고 그랬던 것일까?

PAR투자운용에서 먼저 자금을 지원해 주겠다는 의사를 밝혀왔고, 그것으로 자금 조달에 대한 고민은 일시에 깔끔하게 해결되었다.

나인태 회장은 비로소 맘껏 즐길 수 있었다.

일생일대의 꿈이자, 그가 필생의 숙원으로 삼아왔던 목표가 이윽고 이루어진 것이었다. 그는 드디어 정상에 우뚝 선 것이다.

그가 꿈꾸어 왔던 정상은 재계 서열 1위가 된다든지 하는 것은 아니었다.

오로지 태성을 극복하는 것이었다. 아니, 좀 더 적나라하게 표현하자면 태성을 짓밟고 넘어서는 것이었다.

한때 태성은 그의 꿈이자 우상이었다. 양아치 조폭 출신으로 가장 높은 곳에 우뚝 선 존재였기 때문이다.

그는 지금 그런 태성을 먹어 치우고, 새로이 가장 높은 곳을 점령한 것이다. 그럼으로써 지금 거친 바닥에서 살아가고 있는 모두에게 새로운 우상이자, 꿈이자, 목표가 된 것이다.

그러나 모든 것을 이룬 지금, 나 회장은 한편으로 허탈하고, 또 한편으로 막막하기도 했다. 지금까지 수단과 방법을 가리지 않고 달려왔는데, 갑자기 바라볼 목표가 없어졌다는 데 대해! 이제부터 또 어떤 목표를 새로이 정해야 하는지에 대해!

그러나 그런 건 아무래도 좋았다. 천천히 생각해 봐도 좋을, 문제 같지도 않은 사소한 일일 뿐이었다.

지금은 즐길 때였다. 오로지 즐기기만 해도 좋을 시간이었다.

그거 도대체 어떤 인간한테서 나온 개떡 같은 소리야?

"그게 도대체 무슨 소리야?"

나인태 회장은 버럭 호통을 치고 말았다.

그룹 재무 팀으로부터 PAR투자운용에서 담보를 요구한다는 보고를 받고 나서다.

PAR투자운용에서 지원 자금의 규모가 크다는 점을 들어, 세진에서 인수하는 태성의 사업체들을 망라하는 포괄적 형태의 담보를 요구한다는 것이었다.

PAR투자운용 대표 강이권과는 그런 얘기가 전혀 없었다.

그쪽에서 먼저 자금을 지원하겠다는 의사를 비쳐왔던 만큼, 대출이라기보다는 투자 성격의 자금 출연으로 받아들였던 것이다.

그런데 막상 실무진의 일 처리 과정에서는 담보를 잡혀야 돈을 빌려주겠다니, 이건 금융권에서 대출을 해주는 것과 마찬가지의 절차를 밟자는 것이 아닌가?

문제는, 이제 와서 다른 대안을 강구해 볼 수도 없다는 것이었다. 인수 자금을 지급해야 할 시점이 바로 목전이었다.

나인태 회장은 당장 강이권에게 연락을 취했다. 그러나 강이권과의 접촉은 여의치 않았고, 겨우 통화가 연결된 것은 한상운이었다.

"어이, 한 실장! 강 대표와 연락하는 게 언제부터 이렇게 어려워졌어?"

나인태 회장의 목소리에 노여움이 그대로 실렸다.

─죄송합니다! 회장님!

그러나 죄송하다고 말하면서도 한상운의 목소리는 차분했다. 그것이 나인태 회장의 노여움을 더하게 한다.

"내가 지금 한 실장에게 죄송하다는 소리나 듣자고, 안 그래도 불알에 요령 소리 나도록 바쁜 시간 쪼개 가면서까지 전화를 하고 있는 줄 아나? 각설하고, 강 대표 지금 어디 있어?"

말이 거칠어진다.

―그게…….

한상운은 주춤했다.

나인태 회장이 더욱 몰아친다.

"어허! 그게고 저게고 간에, 당장 강 대표 연결해!"

―회장님……!

한상운이 말을 끊었다가 사뭇 곤란하다는 투로 다시 말을 잇는다.

―거듭 죄송합니다만… 지금으로선 대표님과 연결이 어렵겠습니다.

"뭐야?"

이윽고는 나인태 회장이 버럭 호통을 지르고 말았다. 세진 그룹의 쟁쟁한 임원들을 설설 기게 만드는 호통이다.

그러나 한상운은 오히려 위축에서 벗어난 듯, 차분하게 말을 잇는다.

―대표님은 지금 해외 출장 중이신데, 저를 포함해서 누구와도 연락이 닿지 않고 있습니다!

"해외 출장? 도대체 해외 어디를 갔기에 전화 연결조차도 안 된다는 거야?"

―그건 보안 사항이라… 지금으로서는 자세한 내용을 말씀 드릴 수 없음을 양해해 주시기 바랍니다!

"보안 사항? 무슨 보안? 무슨 국가 기밀이라도 되나?"

─그렇습니다. 국가 기관과 공동으로 추진하는, 아주 중요한 국제 프로젝트입니다!

"뭐……?"

나인태 회장은 황당하다는 반응이었다.

한상운의 차분한 말이 이어진다.

─자세한 내용을 말씀드릴 수 없어 거듭 양해 말씀 올립니다. 다만… 대표님은 곧 돌아오실 겁니다. 그리고 그 프로젝트와 관련하여 회장님과도 함께 추진할 분야가 있다고 하셨으니, 돌아오시면 아마도 자세한 내용에 대해 말씀이 있으실 걸로 압니다.

나 회장은 잠시 침묵을 지켰다. 한상운의 말이 쉽게 믿기지는 않지만, 그렇다고 당장 '턱도 없는 거짓부렁 말라!'고 몰아붙일 수도 없는 노릇이다.

그리고 비록 황당한 얘기일지라도 강이권이 세진과 함께 추진할 분야가 있다고 하고, 또한 곧 돌아와서 자세한 얘기를 하겠다고 하니 더욱이 그럴 수밖에 없었다.

"음… 강 대표에게 그런 사정이 있다니, 그럼 우선 한 실장에게 말할 수밖에 없겠군!"

─말씀하십시오, 회장님!

"우리 쪽에다 담보를 잡으라고 했다면서? 그거 도대체 어떤 인간한테서 나온 개떡 같은 소리야?"

—아… 그 건에 대해서는 저도 자금 파트의 보고를 받은 바 있습니다만……!

"그래? 그럼 긴말할 것 없이 한 실장이 조치하면 되겠네? 한 실장도 알잖아? 강 대표가 먼저 자진해서 자금을 지원하겠다고 한 거잖아? 그런데 이제 와서 엉뚱한 담보 얘기가 왜 나오느냐는 말이야."

—그게… 죄송합니다! 회장님!

"죄송해? 뭐가 자꾸 죄송하다는 거야? 설마 지금, 안 되겠다는 얘기야?"

—회장님과 저희 대표님 간에 그런 협의가 있으셨다면, 당연히 담보 설정 과정은 불필요할 것입니다! 그러나 저희 실무진에서는 그 건에 대해 별도의 지침을 받은 게 없다고 합니다.

"허허! 그래서?"

나인태 회장은 이윽고 어이없다는 투로 말했다.

—세진에서도 그렇겠지만, 조직이 일을 하는 데는 반드시 따라야만 하는 원칙과 절차라는 게 있지 않겠습니까? 물론 지금이라도 저희 대표님과 연락이 닿아서 구두로라도 지시가 떨어지면 별문제 없겠지만, 그렇지 않은 이상에는, 저를 포함해 PAR투자운용의 어느 누구라도 정해진 업무 원칙과 절차

를 임의로 어기거나 생략하지는 못합니다.

"그래서……? 그래서 어떻게 하겠다는 거야?"

―저희 대표님과 연락이 닿기를 기다리든지…….

"이봐, 한 실장! 그걸 지금 말이라고 하나? 우리 쪽 인수 자금 지금 시점이 당장 코앞이야! 그런데 언제 강 대표와 연락이 닿을 줄 알고 무작정 기다리라는 거야? 그러다 차질이 생기면, 그 엄청난 사태에 대한 책임은 한 실장이 다 질 거야?"

나인태 회장의 거친 호통에 휴대폰이 쩌렁거린다.

그러나 한상운은 여유로운 느낌이 들 정도로 차분하게 자신의 말을 마저 해나간다.

―그렇지 않으면, 비록 요식행위일지라도 일단 저희 쪽 자금 파트의 업무 절차대로 진행시킨 다음에 추후 저희 대표님과 연락이 닿아 지시가 떨어지는 대로 즉시 설정된 담보를 해제하는 방법밖에 없습니다! 거듭 죄송합니다, 회장님! 그러나 저도 실무진의 한 사람일 뿐이고, 제 권한 밖의 일을 감히 마음대로 할 수는 없으니, 지금 제가 드릴 수 있는 말씀은 이게 전부라는 걸 부디 헤아려 주십시오!

나인태 회장이 침묵을 지킨다. 아예 말문이 막혀 버린 듯 그는 그렇게 한참이나 말이 없었다. 그러다 이윽고 나직이 한숨을 내쉬며 그가 다시 말을 꺼낸다.

"참으로 개떡 같은 상황이로군! 그러나 도저히 방법이 없다면… 또 어쩔 수가 없는 노릇이겠지!"

나인태 회장의 목소리에서 억누른 분노의 느낌이 짙게 묻어난다. 그가 무겁게 가라앉은 투로 말을 잇는다.

"강 대표와 최대한 빨리 연락이 닿도록, 한 실장이 애를 좀 써주게!"

―최대한 노력해 보겠습니다, 회장님!

한상운이 얼른 받았다.

그러자 나인태 회장은 또,

"제기랄! 어쨌든 그건 그렇게 하기로 하고 말이야……"

하고 문득 화제를 돌렸다.

―예! 회장님!

"우리가 태성으로부터 인수한 사업체들을 몽땅 담보로 잡겠다고 했다며?"

―그렇습니까? 그게… 역시나 자금 파트 쪽의 일이다 보니 저로서도 자세히는…….

"이봐! 자금 파트 쪽 일이고 나발이고, 그게 도대체 무슨 도둑놈 심보야? 아니, 순수 가치로만 쳐도 그쪽에서 지원하는 자금의 몇십 배, 아니, 몇백 배나 되는 가치의 사업체들을, 뭐? 몽땅 담보로 잡겠다고? 이게 도대체 무슨 말도 안 되는 수작질이냔 말이야?"

억지로 눌러두었던 노화가 다시금 치밀어 오르는지 나인태 회장의 목소리가 다시 격해졌다.

그러나 한상운은 미리 준비라도 해놓은 것처럼 차분히 대답을 이어간다.

—자금 파트의 업무라 상세한 부분까지는 잘 알지 못하지만, 제가 이해한 바로는 그 문제 또한 통상적인 평가 기준을 적용하다 보니 그렇게 된 것 같습니다. 즉, 담보 물건의 가치 평가라는 것이 본래, 가장 최근의 평가 실적을 최우선적인 기준으로 취하게 된다고 하는데, 이번 건에 대해서는 세진에서 인수한 가격을 가장 객관적인 기준으로 볼 수밖에 없다는 겁니다. 물론 해당 기업들의 실질적인 가치가 인수 가격보다 몇십, 몇백 배나 크다는 회장님의 말씀은 충분히 이해합니다. 그리고 세진그룹의 계열사로서 단기간의 안정화 과정을 거치고 나면, 곧바로 크게 상향된 평가들이 쏟아져 나올 거란 점도 확신하고 있습니다. 그러나 그 전까지는, 금융시장의 어떤 곳에서도 역시 당장의 인수 가격을 평가 기준으로 삼을 수밖에 없다고 합니다.

"음……!"

나인태 회장이 신음처럼 무거운 소리를 흘렸다.

공황

우여곡절 끝에 세진그룹은 PAR투자운용의 자금을 지원받을 수 있었다.

덕분에 늦지 않게 채권자협의회를 대표하는 주채권 은행에다 기존 태성의 사업체들이 지고 있던 채무를 일괄적으로 변제하고, 태성그룹을 공식적으로 인수했다.

그 즉시 세진은 그룹의 모든 역량을 총동원해서 인수 사업체들에 대한 가치 재평가를 서둘렀다. 그리하여 국내 최대 신용 평가 기관으로부터 해당 사업체들에 대한 새로운 평가들을 급행으로 얻어내는 데 성공했다.

비록 서두르다 보니 기대보다는 다소 낮은 평가를 받은 감은 있지만, PAR투자운용으로부터 지원받은 자금을 일괄적으로 상환하는 것은 물론, 그룹의 외형이 갑자기 커짐에 따라 이런저런 용도로 필요해진 일시성의 자금 소요까지도 넉넉히 해결하기에 충분한 담보 가치가 확보된 것이다.

세진그룹은 곧장 시중 은행들에 대출을 신청했다. 대출 승인이 나지 않을 이유는 전혀 없었다.

그런데 전혀 생각지도 못한 차질이 생겼다. 은행들에서 대출을 승인해 주지 않은 것이다.

심지어 세진그룹의 주거래 은행도 마찬가지였다.

뭔가 이상했다.

나인태 회장은 즉각 주거래 은행의 은행장에게 전화를 넣었다. 예상대로 은행장은 전화를 회피했고, 대신 전화를 받은 부행장은 짐짓 내용을 모르는 체하며 상세하게 파악해 본 후 전화를 주겠다고 모면해 나갔다.

그리고 몇 시간 후, 주거래 은행으로부터 돌아온 답은 난데없이 부채를 즉각 상환하라는 일방적인 통보였다. 기존에 세진그룹이 가지고 있던 지극히 정상적인 수준의 부채에 대해서다.

주거래 은행에 이어 세진그룹이 거래하고 있던 다른 은행 모두가 같은 액션을 취하고 나왔다.

나인태 회장은 비로소 사태를 파악할 수 있었다. 뭔가 사달이 생긴 것이다. 이건 은행권에서 자체적으로 이루어지고 있는 게 아니었다. 금융 당국이 개입하지 않고는, 그것도 아주 노골적이고도 강력하게 개입하지 않고는 벌어질 수 없는 일이었다.

급히 정재계의 고위급 인맥들을 동원해 사정을 파악해 본 결과, 과연 그랬다. 누구도 정확한 이유는 모른다고 했다. 다만 현 정권의 실세급 레벨로부터 직접 지침이 하달된 것 같다는 추정들이었다. 그리고 아마도 태성그룹이 그처럼 갑작스럽게 무너진 것과 같은 맥락이 아니겠느냐는 일부의 의견도 있었다.

나인태 회장은 절망 속에서 무겁게 돌이켜 보았다. 일생일대의 목표를 달성한 희열에 젖어 있는 와중에도, 태성그룹이 그처럼 맥없이 무너진 것에 대해, 더욱이 정태수 회장이 그처럼 쉽게 그의 앞에 무릎을 꿇은 데 대해서는 그 역시도 내내 뭔가 찜찜한 기분을 떨쳐 버릴 수가 없었는데, 바로 이런 일이 있으려고 그랬던 것일까?

은행권의 갑작스럽고도 일방적인 조치에 나인태 회장이 비상 사태를 선포했다. 그러나 막상 이렇다 할 대책을 세우지 못한 채 혼란만 가중되고 있다.

그런데 나쁜 일은 홀로 오지 않고, 한꺼번에 겹쳐 온다고 했던가?

다시 한 번 뒤통수를 얻어맞는 일이 발생했다.

상상을 초월하게도 이번에는 PAR투자운용이었다. 불과 얼마 전에 지원해 주었던 자금에 대해 즉각적인 반환을 요구해 온 것이다. 즉시 조치가 이루어지지 않으면 계약 조항에 의거, 설정된 담보 물건들에 대해 곧바로 환수 절차에 착수하겠다는 통보와 함께였다. 그리고 그것은 일방적인 선전포고였다.

한상운 실장에게 긴급히 연락을 취해 봤지만, 도통 연결이 되지 않았다.

이쯤 되면 모든 것은 명백했다. 배신이었다. 지독히도 악의적인!

그러나 나인태 회장은 도무지 이해할 수 없었다. 왜? 도대체 무슨 이유로 이런 배신을 때린단 말인가? 다른 곳도 아닌 PAR투자운용이 말이다.

나인태 회장이 참담하고 답답한 마음에 연결이 안 되는 줄 알면서도 강이권의 휴대폰으로 10여 차례나 전화를 걸었다. 역시나 불통이었다.

이윽고는 나인태 회장도 인정할 수밖에 없었다. 왜인지는 모르겠지만, 어쨌든 당했다는 사실을!

나인태 회장은 뒤늦게 PAR투자운용과의 계약 조항을 확인하라고 재무 팀에 지시했다. 그리고 재무 팀이 긴급으로 검토한 결과, 뜻밖의 독소 조항이 숨어 있음을 발견했다.

[PAR투자운용에서는 필요에 의해 언제라도 자금의 반환을 요청할 수 있고, 통상적인 준거와 절차에 따라 필요한 조치들을 취할 수 있다.]

지원받은 자금을 갚는 시기조차 구체적으로 명시하지 않은, 그저 요식행위로 쓴 계약서로만 여겼었다. 비록 강이권의 갑작스러운 해외 출장으로 담보를 설정하는 등의 파행이 있기는 했지만, 그저 뜻하지 않은 우여곡절이겠거니 하고만 여겼고, 그럼으로써 여전히 투자 성격의 자금 출연으로 받아들였었다. 충분한 기간을 두고 운용해도 무방한 여유 자금이라고 여전히 믿었었다.

그게 치명적인 착오였다. 당연히 의심해 보고 경계해야 했을 것을 너무도 안일하게 넘겨 버렸다. 어이가 없을 정도로 방심했었다.

"최 상무! 당신 도대체 뭐 하는 사람이야? 재무 팀장이란 사람이 이런 것 하나 제대로 챙겨보지 않고, 도대체 뭘 하고 자빠졌었냐는 말이야?"

재무 팀장에게 불호령을 내려 보았지만, 만시지탄일 뿐이었다. 그리고 재무 팀장을 탓할 일도 아니었다. 당시 계약서는 나인태 회장 자신이 직접 지시해서 재무 팀이 제대로 검토를 해볼 겨를도 없이 현장에서 곧바로 체결되었던 것이니 말이다.

엎친 데 덮친 격으로 언론에서도 일제히 보도를 내보내기 시작했다. 어떻게 이럴 수 있을까 놀라울 정도로, 빠르고 구체적인 내용들이었다.

승자의 저주라고 했다. 세진그룹이 너무 욕심을 부려, 제 덩치보다 훨씬 큰 태성그룹을 무리하게 집어삼켰다가 기어이 자금 운영의 어려움에 직면했다는 것이었다. 그리고 상황은 예상보다 훨씬 더 심각할 수 있어서, 어쩌면 세진그룹의 부도로 심화될 수 있다는 내용도 있었다.

언론 보도의 여파는 당장에 몰아쳤다. 기왕의 은행권의 대출금 회수 압박에 더하여, 제2금융권과 비금융권의 부채들에 대해서도 청산 요구가 한꺼번에 빗발쳤다.

나인태 회장은 어떻게든 버텨볼 각오였다. 세진그룹 자체의 부실에 의한 것이 아니라 외부적인 문제가 일시에 꼬인 현상일 뿐이니, 잠시만 버티면 곧 상황이 호전될 것이라고 스스로를 격려했다. 그룹의 임원들에게는 주력 계열사에 대한 법정관리 신청을 검토하는 등, 마지막 단계에서 쓸 대책들까지 긴급하게 수립하도록 지시했다.

그러나 사태는 어떻게 손을 써볼 수도 없이 전격적으로 진행이 되어갔다.

필사적인 구명 청탁에도 불구하고, 은행권을 비롯한 채권자들은 이윽고 실질적인 채무 청산 조치에 돌입했다.

가장 먼저 PAR투자운용에서 발 빠르게 움직였다. 담보로 잡고 있던 기존 태성그룹 사업체들에 대해 확실하게 권리를 선점해 버린 것이다.

그러자 나머지 채권자들은 마치 굶주린 하이에나 무리처럼, 세진그룹 본래의 기업체들에 대해서 무차별적으로 물어뜯기 시작했다.

나인태 회장은 주식시장에 상장된 계열사들의 주식 보유 지분을 빅딜 형태로 매각함으로써, 긴급한 자금에 대한 수혈을 시도하고자 했다.

그러나 세진의 계열사들이 연일 하한가 행진을 하며 폭락하고 있었으니, 어떤 기관 투자가도 빅딜에 응하려고 하지 않았다.

그런 와중에 요행히도 투자 자문사 한 곳에서 세진의 상장 계열사들에 대한 일괄적인 빅딜 의사를 보여왔다. 다만 그곳에서는 빅딜의 규모를 확대할 것을 요구했다. 즉, 경영권을 넘겨받겠다는 의지였다. 더욱이 작금의 지속적인 주식 가치 하락을 이유로, 지나치다 싶을 정도로 높은 할인율을 요구했다.

찬밥 더운밥 가릴 처지가 아니었다. 나인태 회장은 울며 겨자 먹기로 빅딜에 응했다. 상장 계열사들을 넘기더라도, 그 매각 자금으로 비상장 계열사들이라도 어떻게 살려볼 작정이었다. 그렇지 않고는 그룹 전체가 곧 붕괴되고 말 지경이었다.

그러나 마치 누군가 악의적으로 꾸미기라도 한 것처럼, 비상장 계열사들에 대한 강제 부채 청산 조치가 일시에 이루어졌다. 그리하여 상장 계열사들의 주식 빅딜로 확보한 자금 정도로는 그 거대한 흐름을 되돌리기에는 역부족이었다.

결국 물밀듯이 밀려들어 온 어음들을 처리하지 못하면서, 세진그룹의 알짜 비상장 계열사들은 연쇄적으로 부도가 나기 시작했다. 그리고 어떤 유예 조치도 없이 곧바로 경매에 넘겨졌고, 이어 사정없이 후려친 가격에 속속 입찰이 이루어졌다.

속수무책! 세진그룹은 도저히 저항할 수 없는 거대한 해일에 당한 것처럼 급속히 붕괴되고 있었다.

그런 와중에 그에게 다시 결정타로 충격을 준 것이 있다. 즉, 그룹 산하 상장 계열사들의 주식 빅딜에 관여한 투자 운용사와 또한 부도로 경매에 넘겨진 비상장 계열사들을 낙찰받은 주체들이, 대개는 PAR투자운용과 관련이 있다는 사실이 뒤늦게 밝혀진 것이다.

나인태 회장은 이윽고 공황 상태에 빠지고 말았다. 그는 이를 갈았다. 염기준 전무를 불러서 무슨 수를 써서라도 강이권과 한상운, 그리고 PAR투자운용과 조금이라도 관계있는 자들을 모조리 죽여 버리라고 소리를 질러댔다.

그러나 염기준 전무로서도 막상 어떻게 해볼 방법이 없는 일이었다. PAR투자운용 전체가 아예 작정하고 잠적을 해버린 탓도 있지만, 그가 관할하는 특수사업부와 나아가 세진그룹의 영향력은 이전과 비교할 수 없이 쇠락해 버린 다음이었다.

불과 얼마 전까지만 해도 그의 전화 한 통이면 물불을 가리지 않던 조직들이, 이제 와 그의 전화를 피하거나, 이런저런 핑계를 대며 그의 지시를, 아니, 부탁을 거절했다. 당연한 귀결이기도 했다. 돈의 힘으로만 움직일 수 있는 조직들인 것이다.
눈치 빠르고 교활한 그들은, 이미 세진그룹의 붕괴를 기정사
실화하고 있는 것이었다.

제13장
또 하나의 몰락

둘 중 어느 쪽을 택하시겠습니까?

부르르~!

휴대폰의 진동이 울리고 있다. 모르는 번호라 받지 않았는데, 아까부터 계속 전화가 걸려오고 있었다.

"누구야?"

염기준 전무는 짜증스럽게 뱉으며 전화를 받았다. 쓸데없는 전화라면 욕이라도 한바탕 퍼부어줄 작정이다.

"여보세요?"

저쪽의 목소리가 귀에 익다 싶은데, 다시,

—염 전무님? 접니다! 잘 계셨습니까?

하는 말까지 듣고 나서, 염기준 전무는 버럭 소리부터 지르고 만다.

"어이, 당신, 지금 어디야? 당신들 말이야, 우리한테 어떻게 이럴 수가 있어?"

한 실장이었다. PAR투자운용의 한상운 실장!

—오랜만에 전화를 드렸는데, 제가 별로 반갑지 않으신 가 봅니다?

한상운의 목소리는 여유롭다 못해 능글맞기까지 했다. 승자의 여유인가? 승부라면 이미 진작 결판이 난 것이긴 하다. 염기준 전무는 짧게 한숨을 뱉어내며 애써 흥분을 추스른다.

"좋소, 한 실장! 어쨌든 전화를 했으니, 우선 물어나 봅시다. 도대체 우리한테 왜 이러는 거요? 아무리 생각을 해봐도 PAR투자운용과 우리하고의 관계에 무슨 문제가 있을 만한 게 없는데, 도대체 무슨 억하심정이 생겨서 우리를 죽이려고 하는가 말이오? 죽을 때 죽더라도 그 이유나 좀 들어봅시다!"

—염기준 전무님! 그 전에 제가 먼저 묻겠습니다!

한상운의 목소리가 문득 단호해졌다.

염기준 전무가 당장 뭐라고 말을 받지 못할 때 한상운의 말이 다시 이어진다.

─단도직입적으로 묻죠! 세진그룹과 우리 PAR투자운용, 둘 중 어느 쪽을 택하시겠습니까?

"뭐요?"

염기준 전무가 순간의 당황을 참지 못하여 저도 모르게 반문했다.

─이대로 세진그룹과 함께 죽는 길로 계속 가시겠습니까, 아니면 우리 PAR투자운용과 함께 사는 길로 가시겠습니까?

한상운이 다시 물어왔다. 한마디로 '죽을래, 살래?' 하고 묻는 말이다.

염기준 전무는 침묵했다. 감히 함부로 대답할 수 없는 문제였다. 잠시의 치열한 계산 끝에 그가 무겁게 묻는다.

"한 실장의 그 말은, 내게 살길을 열어줄 수도 있다는 뜻이오?"

곧바로 한상운의 대답이 돌아온다.

─그렇습니다.

간단한 대답이었다.

염기준 전무는 모든 게 문득 명료해지는 느낌이었다.

계산이 이미 끝나기도 했다. 어찌 보면 그리 고민할 것도 없는, 너무도 간단한 계산이다.

어떤 복잡한 상황이든, 마지막에는 결국 두 가지의 경우로 압축해 놓은 다음, 둘 중 어느 쪽이 더 이익인지를 비교하여 최종 판단을 내리는 계산법은, 그가 지금껏 살아오면서 수없이 해온 방식이다.

나인태 회장과 함께 하는 길이 몰락의 길이며, 그 최후의 순간이 바로 코앞까지 다가와 있다는 것은 이미 너무도 분명한 사실이다.

물론 PAR투자운용과 함께하는 길 또한 그에게는 몰락의 길이 될 수도 있을 것이다.

즉, PAR투자운용에서 그에게 손을 내미는 것은, 그에게 당장의 어떤 이용 가치가 있어서일 터이다. 바꿔 말하면, 그 이용 가치가 사라지면 언제라도 토사구팽당하는 처지가 될 것을 각오해야 한다는 것이리라.

그러나 토사구팽을 당하는 경우를 포함해 더욱 나쁜 결말을 예상한다고 해도, 적어도 바로 눈앞에 몰락이 확정되어 있는 길로 가는 것보다 나쁘지는 않을 것이다.

그로 인해 그가 선택할 길은 분명했고, 그나마 선택할 수 있는 기회가 주어졌을 때 주저 없이 잡아야만 하는 것이다.

"내가 뭘… 어떻게 하면 되겠소?"

그의 목소리가 미미하게 떨려 나왔다.

이제 그만 내려놓으십시오! 모든 것을!

나인태 회장은 전신을 짓누르는 무력감과 허탈감을 떨쳐내지 못했다. 그의 세진그룹은 태성그룹보다도 더욱 허무한 최후를 맞고 있었다.

정태수 회장은 그나마 태성그룹의 마지막을 정리하는 모양새라도 취할 수 있었지만, 그는 지금 일생을 고스란히 바친 세진그룹이 무너져 내리는 걸 두 손을 놓은 채 그저 바라보고만 있을 수밖에 없는 처지였다.

PAR투자운용과 강이권에 대한 원망과 증오는, 처음보다는 좀 수그러든 것 같다. 이제는 파멸을 돌이킬 수 없게 되었다는 자포자기의 심정으로 되어서일 것이다.

그렇더라도 의문은 조금도 퇴색되지 않았다. 오히려 시간이 갈수록 더해만 간다. 무력감과 허탈, 원망과 증오보다 그것이 더욱 견디기 어렵다.

'왜 나를 배신한 건가? 도대체 무엇 때문에 나를 몰락의 구렁텅이로 밀어넣었다는 말인가?'

꼭 들어보고 싶다. 그 이유를! 강이권에게 직접!

"회장님!"

나직이 부르는 소리에 나인태 회장은 감고 있던 눈을 떴다. 언뜻 눈이 부시다. 건너편 창의 블라인드 틈새로 햇빛이 새어들고 있다. 석양의 빛이다. 그러고 보니 그는 두세 시간쯤을 이렇게 꼼짝도 않고 앉아 있었다.

"음… 염 전무! 무슨 일인가?"

그의 물음에도 염기준 전무는 대답이 없다. 그냥 묵묵히 나인태 회장을 바라보고만 있었다.

나인태 회장은 문득 의외라고 느꼈다. 그가 묻는 말에 즉각 대답하지 않고, 더욱이 똑바로 시선을 마주치고 있다는 자체가 그렇다. 더욱이 다른 사람도 아닌 염기준 전무가 말이다. 그러나 그도 가만히 염기준 전무를 응시한다.

'꺼내기 어려운 말이 있구나!'

나인태 회장은 그렇게 느꼈다. 아니, 그렇다는 것을 알 수 있었다. 그는 염기준 전무, 아니, 염기준을 누구보다 잘 안다.

염기준은 어릴 때부터 그의 곁을 지켜온 동생이자 부하다. 세진그룹을 함께 만들고, 또한 함께 일구어오며 동고동락해 온 식구다. 위기 상황에서 마지막까지 서로에게 기대며 생사를 함께했던 동지이자 친구다. 그게 염기준이다.

"회장님!"

염기준 전무가 다시 불렀다.

나인태 회장이 희미하게 웃으며 받는다.

"어이, 염기준이! 뭔데 그래? 왜 갑자기 뜸을 들이고 그러냐고? 말해봐!"

"PAR투자운용에서 사람이 왔습니다."

그 말을 듣고도 나인태 회장은 이상하게 별다른 감흥이 없다. 놀람도, 홍분도, 분노도!

"그래? 니 말투로 봐서 강이권이 직접 온 것 같지는 않고, 한 실장 그놈이 왔나?"

그렇게 물었지만, 나인태 회장은 막상 누가 왔는지, 그리고 왜 왔는지 별로 궁금하지 않았다. 오히려 염기준 전무가 애써 만들고 있는 담담함이 자꾸만 신경이 쓰였다.

"아닙니다."

염기준 전무가 한 템포 늦게 대답을 했다.

나인태 회장은, 그럼 PAR투자운용에서 온 사람이 누구냐고 다시 묻지 않았다. 그 사람을 들어오게 하라는 말도 하지 않았다, 대신, 덤덤한 투로 짧게 묻는다.

"왜 왔다냐?"

"강이권 대표의 말을 전하기 위해서입니다."

"강이권의 말? 그래, 그 친구가 뭐라고 했다대?"

염기준 전무는 또 곧바로 대답하지 않는다. 그의 입 주변의 근육이 경련을 일으키고 있다.

나인태 회장이 피식 실소한다.

"야! 기준아! 너 오늘, 뜸 들이는 데 재미 붙였냐? 강이권이가 뭐라고 했는지 물었잖아?"

염기준 전무가 입술을 한번 꽉 깨문다.

"형님……!"

염기준 전무의 목소리가 가늘게 떨려 나왔다.

나인태 회장은 입가에 남아 있던 웃음기를 가만히 거둔다.

염기준 전무가 힘겹게 말을 잇는다.

"이제 그만… 내려놓으십시오! 모든 것을!"

나인태 회장은 묻지 않았다. 그게 무슨 소리냐고? 니가 왜 그런 말을 하느냐고?

그는 묵묵히 염기준 전무를 응시하고 있다.

염기준 전무는 감히 나인태 회장의 시선을 맞받지 못한다. 그의 다리가 문득 떨리기 시작한다. 그 떨림은 이내 그의 몸 전체로 번져 나간다.

나인태 회장은, 온몸을 부들부들 떨며 무너져 내리지 않기 위해 안간힘으로 버티고 서 있는 염기준 전무를 물끄러미 바라보았다. 그러기를 한참, 그는 이윽고 가만히 고개를 끄덕인다.

"형… 님… 저를… 저를… 용서해……!"

염기준 전무가 힘겹게 뱉어냈다. 그러나 그는 터져 나오는 울음을 억지로 삼키느라 더는 말을 잇지 못한다.

나인태 회장은 다시금 가만히 고개를 가로젓는다. 그의 입가에 희미한 미소가 맺힌다. 그는 이제야말로 모든 것을 내려놓기로 한 것이다.

염기준 전무마저 그를 버렸다는 것은, 그에게 남은 것이 이제 아무것도 없다는 것을 의미한다. 그런 이상, 더 이상 지켜야 할 것도 없는 것이다.

몰락

태성그룹을 전격적으로 인수 합병하고 바야흐로 대약진의 재창업을 선언한 세진그룹이, 불과 두 달 만에 전격적으로 붕괴되고 말았다.

그에 세상의 일부에게는 전설이던 빅 투(Big Two)가 모두 몰락한 셈이다.

그러나 그 엄청난 사건은 외견상으로는 거의 드러나지 않았다.

언론에서조차 중요하게 다루어지지 않았다.

다만 세진그룹의 내부적으로만 조용하게 처리되었을 뿐이다.

나인태 회장의 전격적인 퇴진 후, 세진그룹의 모든 것을 손에 쥔 것은 PAR투자운용이다.

그러나 PAR투자운용은 조용히 움직였고, 표면에 드러나기를 원치 않았다. 대신 그들은 비상경영위원회를 발족시켰고,

위원장 자리에 염기준 전무를 앉혔다.

염기준 전무에게 나인태 회장만큼의 카리스마를 기대하는 것은 무리다.

대신 염기준 전무는 나름의 방식으로 빠르게, 그리고 화실하게 그룹을 장악해 나갔다. 우선 그는 실세였다. 그룹의 새로운 주인인 PAR투자운용은 비상경영위원회의 위원장인 그에게 그룹의 재정비에 필요한 대부분의 권한을 위임했다.

물론 염기준 전무는 자신에게 주어진 역할과 위상에 대해 정확하게 알고 있었다. 사냥개! 토끼를 사냥하고 나면, 언제라도 팽당할 수 있는 그런 존재일 뿐이라는 것을!

그러나 잠깐 주어진 힘일지라도 자신에게 주어진 목표를 완벽하게 달성해 낸다면 다시 새로운 기회가 주어질 수도 있다는 것을 그는 또한 알고 있었다.

염기준 전무는 자신에게 주어진 힘을 바탕으로, 다시 그에게 너무도 익숙하여 이골이 난, 가장 효과적인 수단과 방법들을 동원했다.

그에게 적극적으로 협조하지 않는 임원들에 대한 포섭과 회유와 협박!

그래도 통하지 않을 경우에는 적절한 폭력의 동원!

그러나 사실 폭력까지 동원해야 할 경우는 발생하지도 않았다. 그가 가진 다른 수단과 방법들만으로도 충분했다.

나인태 회장은 독재자의 카리스마도 있었지만, 그룹의 주요 임원들에게 신뢰를 가지는 그만의 독특한 방식이 따로 있었다.

즉, 임원들을 선임하기 전에 다양한 뒷조사를 통해 각자의 치명적인 약점들을 잡는 것이었다. 만약 치명적인 약점이 하나라도 없다면, 신뢰할 수 없으니 임원으로 선임을 하지 않는다는 식이었다.

비밀스러운 일이었고, 알려진다면 이해하기 어려운 처사로 치부되었겠지만, 염기준 전무는 나인태 회장의 그런 처사에 대해 공감하는 바가 있었다. 그런 방식이 만약의 상황을 대비하는 데는 상당히 효과적이라는 것에 대해!

함께 보낸 소싯적 양아치 시절부터 세진그룹의 오너 신분일 때까지 위기는 늘 갑작스럽게 다가왔다. 그리고 그럴 때 나인태 회장을 결정적으로 구원해 준 것은 돈도 의리도 아니었다. 누구라도 가상의 적이 될 수 있다는 차원에서 보험처럼 미리 확보해 둔 치명적인 약점들이었던 것이다.

염기준 전무가 나인태 회장의 심복으로 있으면서, 나인태 회장이 지목하는 인물들에 대해 비밀스럽게 그들의 숨겨진 약점을 캐는 일을 줄곧 도맡아 왔고, 그런 것은 세진그룹 임원들에 대해서도 예외는 아니었다.

그러고 보면 참으로 아이러니한 데가 있다. 비록 결정적이지는 않더라도, 어쨌든 나인태 회장의 상직적인 마지막이 염기준 전무의 배신으로 장식되었으니 말이다.

염기준 전무가 기존 태성그룹 출신의 임원들을 장악하는 데도 어려움이 없었다. 세진으로 흡수되는 과정에서 일차적으로 정리가 될 때, 그 정리의 주체가 또한 그 자신이었었기에!

제14장
낙원그룹

참 재수 없는 인간

박윤호 팀장이 임시 회의를 소집했다.

"자! 현 시점에서 가장 우선적으로 해야 할 일들이 무엇일지 의견들을 들어봅시다!"

말은 그렇게 했으나. 박윤호 팀장의 시선은 철민에게로만 향해 있다. 하긴 철민을 제외하고 한상운과 강혁수야 그가 의견을 들을 대상이라기보다는 늘 지시를 하고 보고를 듣는 대상이었으니, 의견을 묻는다면 결국 철민에게 물을 수밖에 없을 노릇이긴 했다.

그러나 한편으로는, PAR투자운용의 모든 실무에 대해 지금껏 한상운이 보고를 해왔다는 점에서, 박윤호 팀장이 굳이 철민에게 의견을 구할 여지는 그다지 없었다.

'그렇다면 결국, 박 팀장은 지금 나한테 뭔가 새로운 요구 사항이 생겼거나, 혹은 절충 내지는 타협할 이슈가 있다는 것일까?'

철민은 그렇게 정리되었으나, 어쨌거나 질문을 받았으니 뭐라고 대답을 하긴 해야 했다. 그는 다시 잠시간 생각을 정리하고 나서 말을 꺼낸다.

"이제 마지막 수순을 밟아야 하지 않겠습니까?"

박윤호 팀장이 철민에게 시선을 고정시킨 채 담담히 반문한다.

"마지막 수순이라면 뭘 말하는 것이오?"

철민이 당황스러운 와중에도 재빨리 생각을 정리하며 다시 대답을 내놓는다.

"빅 투의 해체를 위한 회계상의 절차들은 거의 마무리 단계에 있는 것으로 알고 있습니다. 그러나 조직 체계와 인적 측면에서의 청산이라는 관점에서 보자면, 기껏 양쪽의 총수들이 퇴진한 것 외엔 그 밑의 임원급들을 포함한 핵심 실무 인력들이 아직 건재하고 있으니, 이제부터는 본격적으로 조직 체계의 파괴와 또 인적 청산의 절차에 들어가야 한다고 생각합니다."

"강 대표!"

박윤호 팀장은 하고 부르고 나서 설핏 어색한 빛을 그려낸다. 아마도 그 호칭에서 새삼스럽게도 어색함을 느꼈을까?

그러나 그것 때문이라면 철민 자신부터가 이제는 '김철민'보다는 '강이권'이라는 이름에 더욱 익숙해져 있었다. 그가 무덤덤하자, 박윤호 팀장도 곧바로 정색을 하며 말을 잇는다.

"빅 투를 완전하게 해체한다고 칩시다! 그런다고 뭐가 달라지겠소? 그걸로 끝이겠냐 말이오?"

'이건 또 뭔 뚱딴지같은 얘긴가?'

철민은 언뜻 그런 심정이 되었다. 그러나 박윤호 팀장의 기색이 사뭇 진지하였기에, 일단은 그의 말이 이어지기를 기다린다.

"빅 투가 해체된다고 해서, 그들이 몸담고 있던 세계마저 함께 해체되는 건 아닐 것이란 얘기요. 아니, 오히려 빅 투가 갑작스럽게 해체되면서 통제가 불가능하게 되어버린 하부 조직들과 또 그동안 빅 투에 눌려 변방으로 밀려나 있던 각종의 중소 조직들이 우후죽순으로 다시 튀어나올 것이고, 그럼 그 다음엔 어떻게 되겠소? 사방에서 먹고 먹히는 원초적인 전쟁이 벌어지게 될 거요. 그리고 피 튀기는 전쟁 끝에 마침내 승리를 쟁취한 조직이 나타나겠지! 그게 뭐겠소? 바로 새로운 빅 투요! 혹은 빅 원이나 빅 쓰리일 수도 있겠지만!"

박윤호 팀장이 말을 멈추고, 묵묵히 철민을 바라본다. 그러더니 그는 문득 희미한 웃음기를 떠올리며 불쑥 말을 꺼낸다.

"강 대표의 표정을 보니, 내게 이렇게 묻고 싶은 것 같군! 그렇게 될지 아닐지, 당신이 어떻게 그처럼 잘 아냐고?"

철민은 머쓱해지고 만다. 아닌 게 아니라, 그런 심경이긴 했다.

"단순히 그럴 거라고 예상을 하는 게 아니오. 지금까지 계속 반복되어 온 패턴이 그랬소. 즉, 그런 것이야말로 그쪽 세계의 속성이오. 본성이자 본질이오. 그럼으로써 이번에도 결코 예외는 없을 것이라고 분명히 말할 수 있소."

박윤호 팀장이 짧게 숨을 돌리고 나서 다시 말을 잇는다.

"자! 그럼, 우리 다시 정리해 봅시다! 빅 투를 무작정 해체할 경우, 빅 투를 대체할 만한 새로운 절대 강자가 나타날 때까지 그쪽 세계는, 필연적으로 피 튀기는 전쟁들을 겪게 된다! 그리고 그런 과정에서 빚어질 사회적 혼란과 손실은 결코 가볍지 않을 것이다! 자! 그렇다면 말이오, 차라리 지금의 형태를 그대로 유지시키는 것이 오히려 낫지 않겠소? 물론 빅 투에 대한 적절한 통제와 감시, 나아가 효율적인 관리가 이루어진다는 전제하에 말이오!"

박윤호 팀장의 그 말에 철민은 조금쯤 수긍이 되기도 한다. 아니, 당장 딱히 반박할 논리가 궁했다.

그러나 다음 순간, 불쑥 반발감이 생긴다. 비록 논리적인 반박은 하지 못할지라도 하릴없이 수긍하고 마는 스스로에 대한 반발일 것이다. 그리하여 그는 일어나는 생각 그대로의 말을 빠르게 뱉어낸다.

"그런 점에 대해서는, 솔직히 저는 잘 모르겠습니다. 다만… 제가 분명히 알고 있는 건, 처음 이 일에 대해 우리가 함께 잡았던 목표입니다. 빅 투가 온갖 불법과 비리로 쌓은 부를 합법의 테두리를 벗어나서라도 일단 환수하고, 그다음에는 합당한 정산 절차를 밟아 국가에 귀속시키는 것! 그게 우리가 세웠던 애초의 목표 아니었습니까? 그리고 그 목표를 완성하기 위해서는, 결국 빅 투를 완전히 해체할 수밖에 없다고 생각이 되는데… 제가 뭘 잘못 알고 있는 겁니까?"

박윤호 팀장이 시선을 철민에게 고정시킨 채로 담담하게 받는다.

"아니요. 강 대표의 그 말은 아주 정확하오!"

철민은 설핏 의아해진다. 당연히 그게 아니라고, 그가 잘못 알고 있는 거라고 나와야 되는 것 아닌가. 그런데 오히려 정확하다고, 그것도 '아주' 정확하다고까지 하는 건, 또 무슨 영문

인가.

그런데 그때였다.

"다만 한 가지가 빠졌소!"

박윤호 팀장이 불쑥 덧붙였다.

순간 철민은 어쩔 수 없이 인상을 확 구기고 만다.

'제기랄!'

이럴 때 보면 박윤호 팀장은, 참 재수 없는 인간이다.

그리고 그 '이럴 때'는, 꽤나 자주 있다.

"빅 투의 자산을 최종적으로 국가에 귀속시키는 건, 우리가 최종적으로 하고자 하는 목표에 대해, 소기의 용도를 다한 후라고 정의했던 부분이오. 그러나 그 소기의 용도에 대해서라면, 우리는 아직 시작조차 하지 못했소!"

박윤호 팀장의 그 말에 철민은 내심 쓴웃음을 짓고 만다. 결국은 그런 얘기로 귀결이 되고 마는 데 대해서! 예의 그 '비밀 프로젝트'에 대한 것으로 말이다.

"그러나 소기의 용도라는 건, 어쨌든 빅 투에서 환수하는 자금이 소용될 것이지, 빅 투 자체로 무엇을 할 건 아니지 않습니까?"

철민이 그렇게 물은 것은, 어떻게라도 토를 달고 싶어서였다.

그러나 박윤호 팀장은 어느새 단호한 기색이 되어 있었다.

"아니요! 그 부분은 강 대표가 잘못 알고 있는 것이오! 우리는 단순히 빅 투의 자금뿐만 아니라, 조직과 외형적인 규모를 포함한 빅 투의 모든 것을 다 필요로 하고 있소!"

철민은 흠칫하고 만다. 그리고 그는 무겁게 다시 묻는다.

"좀 더 자세히 말씀해 주시겠습니까?"

"미안하지만, 아직은 더 자세한 얘기를 할 단계가 아니오. 다만 강 대표의 개인적인 목표를 위해서도, 빅 투를 해체시켜서는 안 된다는 점은 말할 수 있소!"

'제기랄!'

그 소리가 입 밖으로 튀어나오려는 걸 철민은 겨우 억눌렀다.

박윤호 팀장은 다시금 참 재수 없는 인간이 되어 있었다.

"홍콩 주재 요원으로부터 상관수보에 대한 추적이 더 이상은 어렵겠다는 보고가 있었소. 추적 중에 아주 조직적으로, 그리고 원천적으로 상관수보의 행적을 은폐하고 차단한 듯한 흔적들을 발견했다는 것이오. 그게 뭘 뜻하겠소? 상관수보라는 자가 생각보다 쉽지 않다는 의미요. 즉, 삼합회 내에서의 그자의 신분이나 위치가 우리가 생각하고 있는 것보다 훨씬 더 거대할 수 있다는 것! 즉, 일개 작은 조직의 보스를 뛰어넘는 진짜 거물급일 수 있다는 얘기요. 또한 그럼으로써 상관수보에 대한 추적의 실마리는 일단 끊어진 상태가 되고 말았소. 자! 그럼 현 시점에서, 그 끊어진 실마리를 다시 잇기 위한 방법이 무엇일 것 같소?"

"말씀하시고자 하는 요지가 뭡니까?"

철민은 조금 날카로워지고 말았다.

그러나 박윤호 팀장은 상관없다는 듯 자신이 하고자 하는 말을 계속한다.

"호랑이를 잡으려면 호랑이 굴로 들어가라고 했소. 이제 다른 방법이 딱히 없는 상황이라면, 삼합회의 실체와 직접 부딪쳐 보는 수밖에 없지 않겠소?"

철민은 딱히 대답할 말이 없었다. 당장 내키는 대로 하자면,

"그래! 당신 팔뚝 되게 굵소!"

하고 쏘아주고 싶은 심정이었다.

그렇지 않은가? 언제는 삼합회야말로 거대한 조직과 막대한 자금을 보유하고 있는 세계에서 가장 큰 범죄 조직이니 어쩌느니 하면서 도저히 건드려 볼 상대가 아니라는 식으로 말을 하지 않았던가? 박윤호 팀장 스스로의 입으로 말이다.

그런데 지금에 와서는 또 호랑이 굴로 들어가야 한다고? 직접 부딪쳐 보자고?

"뭐, 솔직히 말하자면, 우리 정보국으로서도 삼합회의 실체에 대해서는 제대로 접근을 하지 못하고 있는 실정이긴 한

데……."

철민의 심정을 짐작하기라 한 듯 박윤호 팀장의 말투가 짐짓 한풀 꺾였다.

그러나 그것도 잠시, 그의 목소리에 다시금 힘이 실린다.

"자! 그렇다면 우리는 과연 어떻게 해야 할 것인가?"

그리고 박윤호 팀장의 눈빛이 날카로워진다. 이어 그는 눈싸움이라도 하듯 가만히 철민을 응시하더니 불쑥 말을 덧붙인다.

"호랑이 굴로 들어간다면, 아니, 들어가야 한다면 말이오? 그 앞장은 강 대표가 서는 게 어떻겠소?"

난데없는 소리였다.

"무슨… 뜻입니까?"

철민이 당황스러워하며 반문했다.

박윤호 팀장이 담담하게 대답한다.

"이제부터는 강 대표가 직접 전면으로 나서서 보다 적극적으로 움직여 보라는 거요!"

철민은 짧게 숨을 들이쉰 다음 애써 차분한 투로 말을 받는다.

"지금까지 뒤로 빠져 있겠다는 생각을 해본 적은 한 번도 없습니다. 저 또한 적극적으로 움직여 보고 싶습니다."

"좋소!"

박윤호 팀장이 고개를 주억거리고는 다시 말을 잇는다.

"간단히 정리해 봅시다. 지금 빅 투를 실질적으로 장악하고 있는 건 PAR투자운용이오. 맞소?"

철민은 고개를 끄덕여 수긍할 수밖에 없었다.

"내 생각은, 이참에 빅 투를 새로운 그룹으로 재출범시키고, 강 대표가 그 총수를 맡아 신흥 재벌의 위상을 갖추자는 거요!"

"음⋯⋯!"

철민은 신음과도 같은 소리로 당혹감을 표하는 수밖에 없었다.

박윤호 팀장의 말이 빨라진다.

"왜 그렇게 해야 하느냐? 그렇게 해서 뭘 어쩌겠다는 거냐? 자! 생각해 보시오! 새로운 그룹으로 재출범시킨다고 해도, 빅 투의 태생적 이력, 즉 조폭 세력을 근간으로 해 성장했다는 이력은 그대로 승계할 수밖에 없을 것이오. 여전히 뭔가 범죄성 내지는 위험성의 이미지를 내포할 수밖에 없다는 거지. 거기에다가 말이오. 그 새롭고, 거대하고, 뭔가 범죄성 내지는 위험성의 이미지를 내포하고 있는 신흥 재벌을 지배하는 총수가, 이제 갓 서른쯤 된 젊은 청년이라면? 그것만으로도 어쩌면 삼합회 쪽에서 흥미와 관심을 보일 수도 있지 않겠소? 뭐, 흥미와 관심까지를 바라는 건 시나친 과장이라고 칩시다. 그러나 최소한 그들과 통할 수 있는 명분으로 활용할 수는 있을 것이고, 나아가 삼합회의 실체와 접촉할 기회를 만들어볼 수도 있을 거라는 거지!"

박윤호 팀장이 한꺼번에 쏟아내듯이 말을 했다. 그러고는 불쑥 덧붙였다.

"어떻소, 강 대표의 생각은?"

철민은 미처 당황스러움을 추스르지 못한 터라 당장 대답을 하지 못했다.

박윤호 팀장이 잠시 철민을 응시하더니, 문득 빙그레 웃음을 지으며 말을 잇는다.

"좀 더 시간을 두고 생각해 보시오! 그리고 결심하는 대로 내게 말해주시오!"

낙원그룹

낙원그룹!

태성그룹을 인수 합병한 뒤, 심각한 경영 위기에 처한 끝에 새로운 경영주를 맞아 재출범한 세진그룹의 새 이름이다.

낙원그룹 회장 강일권!

낙원그룹의 초대 총수로 취임한 인물이다.

그는 집중되는 세간의 관심에도 불구하고, 그룹 회장 취임 행사마저 생략한 것을 비롯해 일절 외부에 얼굴을 드러내지 않았다. 그러다 보니 그에 대해서는 온갖 소문들만 무성했다.

조용한 가운데 자신이 해야 일을 찾아서 하는 엄격한 실용 제일주의자라는 얘기도 있었고, 은둔형 혹은 신비주의 형태의 경영 스타일이라는 얘기도 있었다.

낙원그룹 총수 보좌역, PAR투자운용 대표 강이권!

낙원그룹을 탄생시킨 주역이 바로 PAR투자운용이라는 건 재계에서 알 만한 사람은 모두 알고 있는 사실이었다. PAR투자운용의 대표가 강이권이라는 것 또한 그랬다.

그리고 강일권과 강이권! 그 두 이름의 유사성만으로도 두 사람이 친족 관계임을 쉽게 추정해 볼 수 있었으니, 결국 강이권이야말로 낙원그룹의 핵심이자 실세라는 점에 굳이 의심을 가져볼 필요는 없을 것이었다.

전주(錢主) 혹은 물주(物主) 노릇!

박윤호 팀장의 말은 전반적으로 옳았다.

상관수보가 삼합회에서 상당한 비중을 차지하는 핵심 계층에 속해 있을 개연성이 커진 만큼, 그를 추적하기 위해서는 삼합회의 실체와 직접 부딪치는 게 가장 효과적일 것이다. 그것 외에는 달리 방법이 없다는 것 또한 사실이었다.

그리고 철민이 그런 사실에 이렇다 할 이의를 제기하지 못하는 한, 그에게 빅 투를 근간으로 재출범시킬 새로운 그룹의 총수 자리에 앉으라는 박윤호 팀장의 제안 역시 수긍할 수밖에 없는 노릇이었다.

그렇더라도 철민은, 자신이 직접 총수의 자리에 오르는 것만큼은 도저히 수용하기가 힘들었다.

싫은 게 문제가 아니라, 도무지 감당하지 못할 것 같아서였다. 사람마다 타고난 그릇이란 게 있다고 하듯, 재벌 총수 자리에 앉는다는 상상을 해보는 것만으로도 벌써 어디 감옥에라도 갇힌 듯 숨쉬기가 빡빡해지는 느낌이니, 역시 그가 감당할 수 있는 자리가 아니었다.

그리하여 철민이 고심 끝에 궁여지책으로 짜낸 게 강이권 대신 강일권을 총수의 자리에 앉히는 안이었다.

물론 박윤호 팀장이나 한상운 등에게는 강일권을 가상의 인물로 이해를 시켰다. 어차피 PAR투자운용 대표 강이권부터가 가상의 인물이니.

또한 가상으로 강이권의 형쯤 되는 인물을 재창조하여 명목상의 총수 자리에 앉히고, 대신 PAR투자운용 대표 강이권이 총수 보좌역이라는, 비록 공식적인 타이틀은 아니더라도 실제로는 낙원그룹의 컨트롤타워, 즉 사령탑으로 들어앉는 방식이었다.

그리되면 예의 그 비밀 프로젝트를 추진하는 데 있어서나, 만약 삼합회의 실체와 접촉할 기회가 생겼을 때도 낙원그룹의 실세인 강이권의 이름으로 필요한 조치들을 취하는 데는 제가 없지 않겠느냐는 논리였다.

그렇더라도 철민이, 어쨌거나 낙원그룹의 실질적인 경영에는 관여하지 않겠다고 내부적으로 미리 선언 내지는 양해를 구해놓았다. 그 스스로의 역할에 대해서는 처음부터 분명하게 정의를 해둔 바가 있었다.

'한시적인 전주(錢主) 혹은 물주(物主) 노릇! 복수를 완성할 때까지!'

『완빤치』 8권에 계속…

초대형 24시 만화방

신간 100%, 샤워실, 흡연실, 수면실(침대석), 커플석, 세탁기 완비

▪ 시흥 정왕25시점 ▪

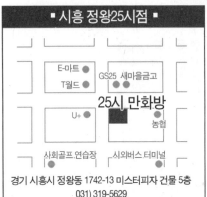

경기 시흥시 정왕동 1742-13 미스터피자 건물 5층
031) 319-5629

▪ 강북 노원역점 ▪

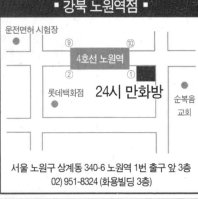

서울 노원구 상계동 340-6 노원역 1번 출구 앞 3층
02) 951-8324 (화용빌딩 3층)

▪ 일산 정발산역점 ▪

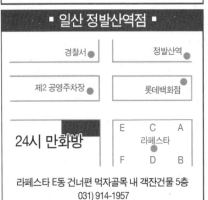

라페스타 E동 건너편 먹자골목 내 객잔건물 5층
031) 914-1957

▪ 일산 화정역점 ▪

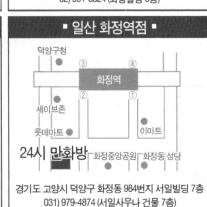

경기도 고양시 덕양구 화정동 984번지 서일빌딩 7층
031) 979-4874 (서일사우나 건물 7층)

▪ 부천 역곡역점 ▪

역곡남부역 기업은행 건물 3층
032) 665-5525

▪ 부평역점 ▪

(구)진선미 예식장 뒤 한신포차 건물 10층
032) 522-2871

최연소 장군 아버지의 뒤를 따라 군에서 승승장구하던 하진
어느 날 방산비리에 연루된 아버지의 잠적으로
가정이 풍비박산이 난다.

자포자기하며 방황하던 하진은
어느 날 골동품을 파는 노파를 돕고
기묘한 느낌이 드는 목함을 손에 넣게 되는데……

그리고 그를 찾아온 빚쟁이들과 쏟아지는 폭력 속에서
목함은 하진을 기묘한 세상으로 이끈다!

『무한 레벨업』

살아남아라! 그리고 재패하라!
패왕의 인장을 손에 넣은 하진의 이계 정복기!

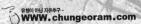

이계진입 리로디드

임경배 퓨전 판타지 소설

FUSION FANTASTIC STORY

『권왕전생』임경배의 2015년 신작!

『이계진입 리로디드』

왕의 심장이 불타 사라질 때,
현세의 운명을 초월한 존재가 이 땅에 강림하리라!

폭군으로부터 이세계를 구원한 지구인 소년 성시한.
부와 명예, 아름다운 연인…
해피엔딩으로 이야기는 끝인 줄 알았건만
그 대가가 지구로의 무참한 추방이었다.
그리고 10년 후……

"내가 돌아왔다! 이 개자식들아!"

한 번 세상을 구한 영웅의 이계 '재'진입 이야기!

Book Publishing CHUNGEORAM

유행이 아닌 자유추구-
WWW.chungeoram.com

미러클 테이머

인기영 장편소설

FUSION FANTASTIC STORY

MIRACLE TAMER

이계로 떨어져 최강, 최고의 테이머가 되었다.
그러나… 남은 것은 지독한 배신뿐.

배신의 끝에서 루아진은 고향, 지구로 되돌아오게 되는데…….
몬스터가 출몰하기 시작한 지구!
그리고 몬스터를 길들일 수 있는 테이머 루아진!
그 둘의 조합은……?

『미러클 테이머』

바야흐로 시작되는
테이머 루아진과 몬스터들의 알콩달콩한
대파괴의 서사시!!

Book Publishing CHUNGEORAM

유행이 아닌 자유추구 -
WWW.chungeoram.com

이모탈 퓨전 판타지 소설
FUSION FANTASTIC STORY

용병들의 대지
Road of Mercenaries

이 세계엔 3개의 성역이 존재한다.
기사들의 성역, 에퀘스.
마법사들의 성역, 바벨의 탑.
그리고… 그들의 끊임없는 견제 속에 탄생하지 못한

『용병들의 대지』

전쟁터의 가장 밑을 뒹굴던 하급 용병 아론은
이차원의 자신을 살해하고 최강을 노릴 힘을 가지게 된다.

그의 앞으로 찾아온 새로운 인생!
아론은 전설로만 전해지던
용병들의 대지를 실현시킬 수 있을 것인가!

Book Publishing CHUNGEORAM

용병대의 지휘관
www.chungeoram.com

현대
천마록

천하를 호령하고 전 무림을 통합한
일월신교의 교주 천하랑.
사람들은 그를 천마, 혹은 혈마대제라고 불렀다.

『현대 천마록』

무공의 끝은 불로불사가 되는 것이라 생각했지만
그로서도 자연의 섭리 앞에선 어쩔 수 없었다!

'그렇게 많은 피를 흘렸음에도 불구하고
죽을 때가 되니 남는 것이 없군그래.'

거듭된 고련 끝에 천하랑의 영혼이
존재하지 않게 된 그 순간
그의 영혼은 현세에서 천마로서 눈을 뜬다!

Book Publishing CHUNGEORAM

유행이 아닌 자유추구 -
WWW.chungeoram.com

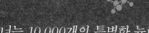